Liebe in echt.

Zwei sind besser als einer allein.
Denn wenn sie hinfallen, richtet einer den anderen auf.
Außerdem: Wenn zwei zusammen schlafen,
wärmt einer den anderen.
Einer allein – wie soll er warm werden?

(Kohelet 4, 9-12)

Originalausgabe

Einband- und Innengestaltung sowie Illustrationen:
Constanze Guhr
Satz: Schaffer Grafik und Satz, Hofheim a. Ts.
Gesetzt aus der Museo Slab/Londrina Solid
Druck und Einband: Himmer AG, Augsburg

Printed in Germany
ISBN 978-3-414-82379-3
5 4 3 2 1

MIX
Papier aus verantwortungsvollen Quellen
FSC® C095359
FSC www.fsc.org

Sie finden uns im Internet unter: www.boje-verlag.de

Mara Andeck

Liebe in ECHT

Alles, was du über Romantik, Küsse und Traumprinzen wissen solltest

mit Illustrationen von Constanze Guhr

Inhalt

L
IE
B
E

Einleitung – Sex oder Liebe?

Es geschah in Schottland am 10. April 1848, nach einem rauschenden Fest: In seiner Hochzeitsnacht erschrak der Künstler John Ruskin so heftig, dass ihm die Lust auf Sex für den Rest seines Lebens verging. Grund für Ruskins Panik war der Anblick seiner nackten Braut Effie, genauer gesagt, der Anblick von Effies Schamhaar.
John Ruskin war selbst ein haariger Mensch, er trug eine wallende Mähne und einen Rauschebart. Man kann also nicht davon ausgehen, dass er grundsätzlich ein Problem mit Haaren hatte. Nackte Frauenkörper allerdings kannte der 29-Jährige bis zu diesem Zeitpunkt nur aus Museen, in denen er antike Statuen betrachtet hatte. Und die waren am ganzen Körper marmorweiß, glatt und unbehaart. Effie nicht.
Ein Sex- und Aufklärungsbuch hätte John Ruskin eine Menge Ärger erspart. (Und Effie natürlich auch!)

Heutzutage ist das anders. Niemand wird erwachsen, ohne irgendwann zu erfahren, wie nackte Menschen aussehen. Selbst wenn man es wollte, könnte man das nicht schaffen. Woher die Babys kommen, erfahren Kinder schon im Kindergarten. Und sobald sie in der Schule Lesen gelernt haben, sind ihrem Wissensdurst dank Bravo und Internet keine Grenzen mehr gesetzt. Vermutlich könnten viele Lehrerinnen und Lehrer schon von Fünftklässlern in dieser Hinsicht viel lernen.

Aufklärungsbücher sind für viele Teenies heutzutage also ungefähr so nützlich wie ein drittes Nasenloch. Deswegen ist dies auch kein Aufklärungsbuch.

Was dieses Buch enthält

Wir sind heutzutage zwar gut über Sex aufgeklärt, aber bei der Liebe ist das anders. Über sie erfährt man in Kindergarten und Schule nichts, was einem weiterhilft – zumindest nicht im Unterricht.
Und leider ist auch das echte Leben in Sachen Liebe manchmal kein guter Lehrer. Da kann einfach viel zu viel schiefgehen: Eltern streiten, trennen sich, lassen sich scheiden, finden neue Partner und streiten sich mit denen auch wieder nur herum. So will man selbst nie werden. Doch im eigenen Leben klappt es mit der Liebe oft auch nicht wie erhofft. Vorbilder fehlen und eigene Erlebnisse machen nicht gerade Mut.
Was tun?
Wenn man sich selbst auf die Suche macht und das Wort Liebe bei Google eingibt, erhält man fast 300 Millionen Ergebnisse, zu viel, um da noch durchzublicken.
Und wer dann ganz plötzlich vor der Liebe steht, kann ähnlich fassungslos reagieren wie einst John Ruskin bei

Effies Anblick: Auch die Liebe ist nämlich nicht glatt und makellos wie eine antike Statue.

Auf den folgenden Seiten geht es daher um Fragen wie: Wo findet man den Richtigen oder die Richtige? Und wie erkennt man, ob jemand richtig ist? Folgt man dem Motto: Gleich und gleich gesellt sich gern? Oder gilt: Gegensätze ziehen sich an? Wie flirtet man? Gibt es Tricks oder Liebestränke, die dabei helfen? Woran erkennt man, ob Liebe echt ist? Und was macht man, wenn die Liebe plötzlich vorbei ist? Kann man sie noch retten? Und wenn nicht: War sie dann von Anfang an nicht echt? Oder hat man etwas falsch gemacht?

Dieses Buch enthält keine Erfahrungsberichte von Liebespaaren und auch keine Ratschläge, wen oder wie man lieben sollte. Es fasst zusammen, was Wissenschaftler über die Liebe herausgefunden haben, es enthält die wichtigsten und die witzigsten Ergebnisse aus Forschung und Wissenschaft.
Die wichtigsten, weil sie im Alltag hilfreich sind, und die witzigsten, weil Wissenschaftler unter anderem auch festgestellt haben, dass Lachen nicht nur die Lachmuskeln lockert, sondern auch das Denken. Wer also viel lacht, kann seine Probleme besser lösen.
Und nicht nur das: Wer viel und gern lacht, hat auch weniger Probleme! Lachen macht beliebt, erfolgreich, gesund und schön und ist daher sehr hilfreich für ein erfülltes Liebesleben.

Ist das echt wahr?

Ja. Der Wissenschaftszweig, der sich mit dem Lachen befasst, hat sogar einen Namen: Gelotologie. Aber was ist schon wahr? Es lohnt sich, an dieser Stelle kurz über diese Frage nachzudenken. Achtung, jetzt wird es philosophisch!

Wer ein Buch über Liebe liest,

Trotzdem. Es muss sein. Dieses Buch funktioniert nur, wenn man vor dem Lesen den eigenen Kopf einschaltet. Und das passiert genau jetzt. Also: Dranbleiben! Weiterlesen!

Nehmen wir einfach mal an, wir wären alle Ameisen. Dann würden wir die Welt anders sehen. Schwarz-weiß, um genau zu sein, wir wären nämlich farbenblind. Aber das würde uns nicht bekümmern, wir wüssten ja gar nicht, dass es Farben gibt. Keine andere Ameise hätte uns je von Rot, Blau, Gelb oder Grün erzählt, und warum sollten wir über etwas nachdenken, das wir nicht sehen und über das auch noch nie jemand gesprochen hat?

Gesprochen – das ist hier nicht das richtige Wort. Wir Ameisen würden nie miteinander sprechen, das könnten wir gar nicht. Wir hätten am ganzen Körper Duftdrüsen und wenn es etwas mitzuteilen gäbe, würden wir einfach einen passenden Duftmix absondern, dann könnten die andern riechen, was wir denken.

Wir würden auch niemals lachen. Aber vielleicht gäbe es einen fröhlichen Geruch, den wir bei bester Laune versprühen könnten, einfach so, aus Übermut.

Ob das für uns allerdings gesund wäre, ist wieder eine andere Frage. Es könnte sein, dass wir mit solch sprühender Laune andere Ameisen nerven, weil wir sie bei emsiger Arbeit stören. Vielleicht mobben Arbeitsameisen solche gutgelaunten Sprüher aus dem Ameisenstaat heraus. Für uns als Ameise könnte »Lachen« also durchaus ungesund sein.

Welche Wahrnehmung der Welt ist nun wahr? Die menschliche Art, das Leben zu sehen oder die Art, wie die Ameisen die Welt erriechen?

Was dieses Beispiel zeigen soll: Es gibt keine absolute, immer und für alle gültige Wahrheit. Gut, die Gesetze der Schwerkraft gelten vermutlich auch für Ameisen, und ein paar weitere Naturgesetze auch. Aber die meisten unserer angeblichen »Wahrheiten« gelten nicht einmal für alle Menschen auf der Welt und nicht in jeder Situation.

Um das noch einmal an dem Beispiel mit dem *Lachen* zu beweisen: Selbst wenn Wissenschaftler festgestellt haben, dass Lachen Menschen beliebt macht, gibt es doch viele Situationen, in denen man sich mit lautem Gelächter unbeliebt machen kann. Und manchmal gefährdet Lachen sogar das Liebesleben. Es wäre zum Beispiel gar nicht gut gewesen, wenn John Ruskin in der Hochzeitsnacht beim Anblick seiner Braut gelacht hätte. Oder nehmen wir mal das Hochzeitsvideo mit dem Titel »My waffle wedded wife«

auf YouTube als Beispiel: Ob wohl viele Männer vorm Altar so gelassen bleiben würden wie Andrew Engstrom, dessen Braut bei seinem Eheschwur vor Lachen fast umgefallen ist?

Wer dieses Buch liest, sollte also stets daran denken:

1. Nicht alles, was erforscht wird, ist richtig. Wissenschaftler können sich irren. Sie haben einst herausgefunden, dass die Erde eine Scheibe ist. Sie haben etwas später behauptet, dass die Sonne bewohnt wird. Vor rund hundertzwanzig Jahren haben sie berechnet, dass Menschen bei rasenden Zugfahrten mit der Dampflokomotive ab Geschwindigkeiten von fünfzehn Stundenkilometern ihr Sehvermögen verlieren können. Irren ist menschlich.

2. Nicht alles, was erforscht wird, ist wichtig, selbst wenn es richtig ist. Physiker haben beispielsweise kürzlich die *»Rapunzel-Formel«* entdeckt: Wenn man weiß, wie dick, wie elastisch und wie lockig ein Kopfhaar ist, kann man aus diesen Daten errechnen, welche Form ein Pferdeschwanz hätte, wenn man alle Haare zusammenbinden würde. Hier irrt die Wissenschaft vermutlich nicht, aber trotzdem wird diese Entdeckung den Lauf der Welt nicht ändern – um es mal freundlich auszudrücken. Unfreundlicher könnte man auch fragen: Wer will das wissen?

3. Es gibt keine Checkliste für die Liebe. Selbst wer alles beachten würde, was Wissenschaftler je herausgefunden haben, hätte keine Garantie für

Liebesglück. Denn erstens ist nur ein Bruchteil der Liebe wissenschaftlich erforscht. Und zweitens kommt Wissenschaft bei einem so vielseitigen Thema wie Liebe einfach an ihre Grenzen. Trotzdem bringt es etwas, wenn man all diese Forschungsergebnisse kennt. Man sieht das Thema Liebe mal aus einem anderen Blickwinkel und kann sich eigene Gedanken dazu machen. Deswegen gilt bei der Lektüre dieses Buches: selber denken! Und danach: selber lieben!

Übrigens: Das Geschlecht spielt keine Rolle, wenn es um Gefühle geht. Jungs lieben nicht anders als Mädchen, sie werden nur oft anders erzogen und verhalten sich deswegen manchmal unterschiedlich.
Es ist auch egal, wie sich ein Pärchen zusammensetzt. Junge und Junge, Mädchen und Mädchen, Junge und Mädchen – wenn es um Gefühle geht, ist das unwichtig. Liebe ist Liebe, egal, wen man liebt.

Was ist Liebe?

»Liebe ist im engeren Sinne die Bezeichnung für die stärkste Zuneigung, die ein Mensch für einen anderen Menschen zu empfinden in der Lage ist.«
So steht's bei Wikipedia. Und es gibt laut Internetlexikon viele Arten von Liebe, für die das gilt: die zu Eltern und Geschwistern oder zu Freunden zum Beispiel.
Davon soll dieses Buch aber nicht handeln. Wenn hier von Liebe die Rede ist, dann ist immer ein Spezialfall gemeint: die Liebe zu einem Partner, mit dem wir unseren Alltag, unser Denken, unsere Zärtlichkeit und unsere Träume teilen möchten. Mit Leib und Seele. Love. Amore. Amour. Kærlighed. Rakkaus. Elska. Miłość. Aşk. Wie immer man sie nennen mag.
Aber was zeichnet diese spezielle Sorte Liebe aus? Was gehört dazu? Gemeinsamkeiten? Unterschiede? Vertrauen? Sex? Treue? Irgendwann Eheringe und Kinder?

Gibt es Liebe überhaupt?

Tatsächlich behaupten manche Wissenschaftler, Liebe sei nichts anderes als eine romantische Erfindung. Menschen seien Tiere ohne Fell, die von Genen und Hormonen gesteuert würden. Das, was wir umgangssprachlich Liebe nennen, ist dieser Theorie zufolge nichts anderes als eine Art rosarot verzierter Fortpflanzungstrieb. Um diese Meinung zu begründen, begeben sich solche Wissenschaftler gern zurück in die Steinzeit, denn da haben sich unsere menschlichen Gene angeblich herausgebildet.

LOVE

Amore

AMOUR

Kærlighed

Rakkaus

ELSKA

Miłość

Aşk

Eine beliebte Erklärung für die Entstehung der Liebe in der Steinzeit lautet so: Vor Millionen von Jahren entwickelten sich unsere Vorfahren von Waldmenschen zu Steppenbewohnern. Damit sie ihre Feinde übers hohe Gras hinweg besser erspähen konnten, liefen sie irgendwann auf den Hinterbeinen. Das brachte aber auch Nachteile mit sich. Die Weibchen konnten ihre Jungen jetzt nicht mehr in praktischer Klammerhaltung auf dem Rücken tragen. Sie mussten sie in den Arm nehmen und hatten die Hände nicht mehr frei.
Wie soll man so jagen oder kämpfen? Das geht nicht! Für die Urzeit-Damen und ihren Nachwuchs war es plötzlich ein Vorteil, wenn sie ein auserwähltes Männchen fest an sich binden konnten, damit es bei ihnen blieb und diese Jobs für sie übernahm. Auch die Steinzeit-Männer profitierten davon, denn sie waren nur noch für ein einziges Weibchen zuständig, anstatt für das ganze Rudel schuften zu müssen. So ersparten sie sich eine Menge Stress.
Paare, die sich damals zusammentaten und zu zweit ihre Jungen aufzogen, hatten also bessere Überlebenschancen als Einzelgänger und konnten viele ihrer Nachkommen durchbringen. So gaben sie dieses Verhalten weiter und das war angeblich der Beginn von Liebe und Partnerschaft beim Menschen.
Weil aber im Alter von spätestens vier Jahren Jungmenschen auch damals schon sicher laufen konnten, trennten sich die Paare angeblich nach dieser Zeit wieder und gingen neue Bindungen ein. Das zumindest behaupten einige Wissenschaftler. Sie glauben, wir Menschen seien deswegen genetisch auf einen solchen Vierjahresrhythmus eingestellt und deswegen sei heute noch die Scheidungsrate bei Menschen im vierten Ehejahr am höchsten. Statt um Liebe und Glück geht es unseren Genen nämlich auch heute noch nur um die Aufzucht von Nachkommen.

Eine gewagte Behauptung, die sich durch nichts beweisen lässt. Es gibt nämlich keine Aufzeichnungen aus der Steinzeit. Niemand hat damals mitgeschrieben, heimlich gefilmt oder ein Handyfoto geschossen.
Und die Sache mit dem *Vierjahresrhythmus* lässt sich nicht einmal für heutige Zeiten beweisen. Ein Liebespaar ist ja meistens schon eine Weile zusammen, bevor es heiratet. Warum sollte unsere genetische Uhr den Beziehungs-Countdown ausgerechnet in dem Moment starten, in dem wir vor den Altar treten?
Und es gibt noch einen weiteren Gegenbeweis: Wissenschaftler haben verliebte Testpersonen in Kernspintomografen geschoben. Mit solchen Geräten kann man Aufnahmen von der Aktivität des Gehirns machen. Hirnregionen, die gerade arbeiten, benötigen nämlich mehr Sauerstoff als weniger beanspruchte Regionen und das können die Geräte sichtbar machen. Den Testpersonen wurden Bilder ihrer Partner gezeigt. Ergebnis: Bei vielen Paaren, die schon zwanzig Jahre und mehr zusammenlebten, leuchteten im Gehirn noch immer dieselben »Verliebtheitsregionen« auf wie bei Frischverliebten. Sie liebten sich also nach zwei Jahrzehnten immer noch wie am ersten Tag.

Liebe früher: Als Menschen noch in Höhlen lebten

Was wissen wir wirklich über das Liebesleben unserer Ahnen? Genau genommen – nichts!

Die ältesten Kunstwerke der Welt sind kleine Frauenfiguren aus Mammutelfenbein und Stein. Menschliche Urahnen von uns haben sie vor ungefähr 35 000 Jahren geschnitzt. Sie sind alle überaus üppig, mit großen Brüsten, gewaltigen Bäuchen und kräftigen Beinen. Das muss aber nicht heißen, dass Frauen damals so aussahen oder dass Steinzeitmänner auf solche »Superweiber« standen. Niemand weiß ja, wer diese Figuren geschaffen hat, ob Mann oder Frau. Keiner weiß, wer dafür Modell stand und für welchen Zweck sie gemacht wurden. Sind das nun steingewordene Männerträume? Sind es echte Frauen in der Schwangerschaft? Sind es Fruchtbarkeitsgöttinnen? Oder vielleicht Frauenträume? Hätten die Steinzeitdamen gern so ausgesehen? Fanden sie das schön? Das wird man nie erfahren.

Fest steht nur: Fast alle uralten Steinfigürchen in Menschengestalt zeigen Frauen. Vielleicht fanden Steinzeitmenschen Frauen interessanter, weil sie Kinder bekommen konnten. Vielleicht wussten Steinzeitmenschen einfach nicht, dass auch Männer bei der Fortpflanzung eine wichtige Rolle spielen. Vielleicht haben sie Frauen deswegen besonders beachtet und verehrt.

Für diese Vermutung spricht, dass es einige Jahrtausende später plötzlich auch männliche Figuren gab. Sie entstanden etwa zum selben Zeitpunkt, als die ersten Menschen sesshaft wurden und Viehzucht betrieben. Es könnte also sein, dass die Menschen aus der Beobachtung ihrer Zuchttiere gelernt hatten, wozu die Natur die Männchen erschaffen hat, und diese Wunderwesen samt ihrem Zauberstab nun auch in Kunstwerken verewigen wollten.

Noch ein bisschen später sind wohl die allerersten »Porno-Bilder« in der Geschichte der Menschheit entstanden. In einer Höhle im französischen La Marche fand man viele uralte Höhlenkritzeleien, darunter sogar eine Zeichnung von einem Paar beim Sex, sie ist etwa 15 000 Jahre alt.

Aber haben sich die beiden geliebt? Oder nur fortgepflanzt? Das lässt sich daraus nicht schließen.

Die Zeichnungen in der Höhle von La Marche wurden übrigens lange für eine Fälschung gehalten, weil sie aussehen wie Kritzeleien in einem Schulheft.

Sie sind aber wirklich echt. Ein Archäologe vermutet, dass die Bilder von Jugendlichen stammen und so etwas wie Vorläufer der heutigen Graffiti sind. Vielleicht haben dort also vor 15 000 Jahren picklige Teenies im Hormonrausch giggelnd die Höhlenwände bekritzelt – und wir stehen heute davor und fragen uns, was sie uns damit sagen wollten.

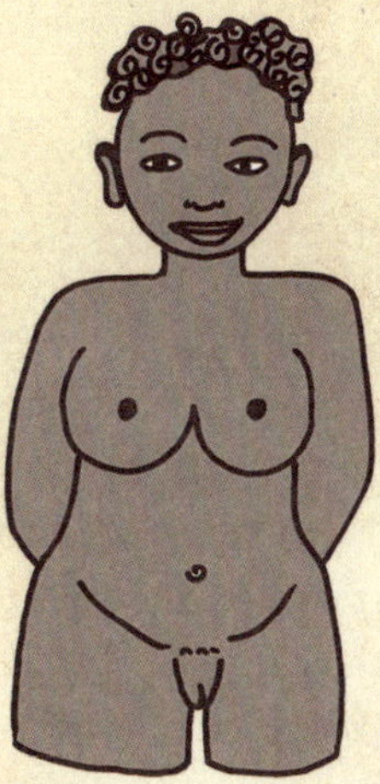

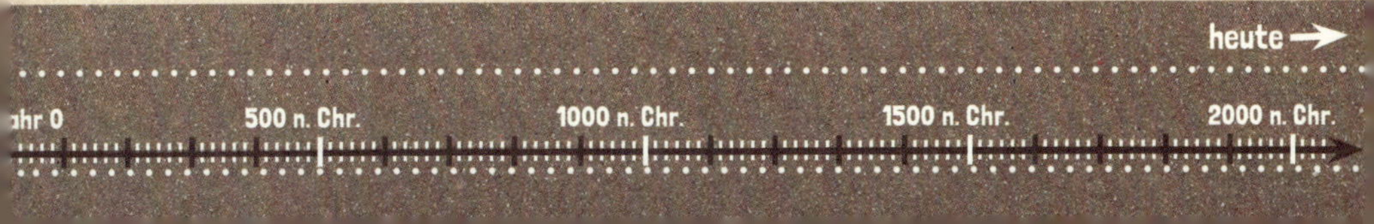

Wenn die Chemie stimmt

Ja, gibt es sie denn nun, die wahre Liebe?
Ein Blick auf das Liebesleben der Höhlenmenschen bringt zwar keine Klärung, aber vielleicht hilft es, wenn wir einen Blick in die Labore von Biochemikern werfen. Ein paar von ihnen halten Liebe nämlich ebenfalls für ein romantisches Märchen. Sie meinen: Die Chemie muss stimmen, dann klappt's auch mit der Paarung, und um etwas anderes geht es nicht. Und Paarung funktioniert beim Menschen so: Menschliche Männchen verströmen mit ihrem Schweiß Duftstoffe, die fruchtbare Weibchen in der Phase ihres Eisprungs anlocken. An der männlichen Duftnote erkennt das schnuppernde Menschenweibchen dann, welches Männchen rein genetisch betrachtet am besten zu ihr passt. Wenn die Genkombination für gesunden Nachwuchs günstig ist, kommt im Gehirn ein chemischer Dominoeffekt in Gang. Männchen und Weibchen produzieren plötzlich eine wahre Flut des Glückshormons Dopamin, was sich anfühlt wie die sprichwörtlichen Schmetterlinge im Bauch. Gleichzeitig sinkt der Serotoninspiegel im Gehirn und jetzt können die beiden an nichts anderes mehr denken als an das Objekt ihrer Begierde. Ein Mangel des Hormons Serotonin macht

Menschen nämlich geradezu zwanghaft zielstrebig. Wer einmal vergeblich versucht hat, im Gespräch mit einer frisch verliebten Freundin ein anderes Thema als deren Schwarm anzusprechen, weiß, was hier mit zwanghaft zielstrebig gemeint ist. In den Adern des Pärchens kreist in diesem Stadium auch das Stresshormon Adrenalin, das die Leidenschaft anheizt und das Blut in Wallung bringt. Dadurch wird ein weiteres Hormon ausgeschüttet, Testosteron. Und nun wollen beide Partner nur noch eins: Sex.

Während sie sich also aufeinanderstürzen, sich die Kleider vom Leib reißen und für die Produktion von Nachwuchs sorgen, schüttet das Gehirn beim Orgasmus schon das nächste Hormon aus, Oxytocin. Das versetzt die beiden nach dem Sex in Kuschelstimmung. Jetzt empfinden sie rosarote Liebe füreinander, wollen sich treu sein bis an ihr Lebensende und suchen schon mal Vornamen für ihre Kinder aus. Und wenn sie nicht gestorben sind, rauschen ihre Hormone noch heute durch ihren Körper und sie pflanzen sich fort, bis sie alt und grau sind.

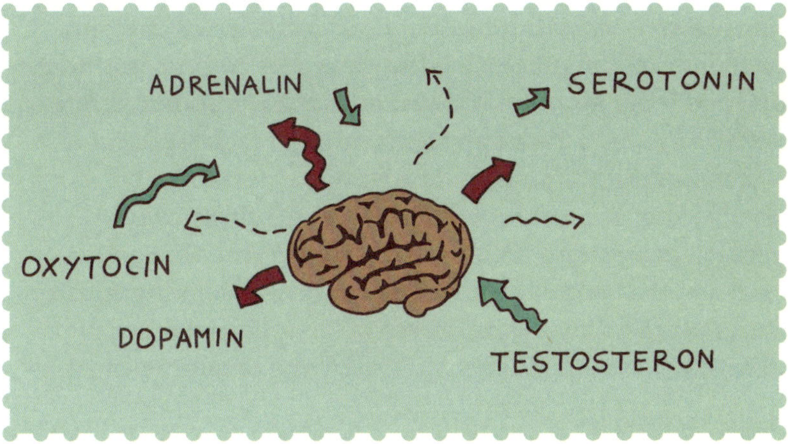

Stimmt das wirklich? Werden wir ausschließlich von unseren *Hormonen* gesteuert? Wenn man mal darüber nachdenkt, kommen da schnell Zweifel auf. Genau genommen sieht man ja eher selten Menschen, die nach dem ersten Schnupperkontakt in wilder Leidenschaft übereinander herfallen. Und mal ehrlich: Wer von uns will sich denn beim Sex wirklich fortpflanzen? Wir tun doch im Gegenteil heutzutage eine Menge dafür, um genau das zu verhindern. Wie passt das zusammen?

So einfach wie oben beschrieben ist die Sache mit den Hormonen also nicht.

Tatsächlich gibt es Beweise dafür, dass die körpereigenen Botenstoffe aus dem Gehirn unser menschliches Verhalten beeinflussen. Aber es ist unglaublich schwer vorherzusagen, wie sie das tun. Da ist zum Beispiel das Kuschelhormon Oxytocin, das es in manchen Ländern schon als Nasenspray zu kaufen gibt. Experimente haben bewiesen, dass Männer und Frauen dadurch in entspannte, glückliche Kuschelstimmung geraten und tolleren Sex haben können. Ein weiterer interessanter Nebeneffekt hat das Oxytocin sogar schon als Treuehormon in die Schlagzeilen gebracht. Die Männer in den Tests wurden nämlich nicht jeder Frau gegenüber kontaktfreudiger, sie rückten vor allem ihrer eigenen Partnerin gern näher. Und Beziehungsdiskussionen verliefen nach einem ordentlichen Schuss aus dem Nasenspray auch oft friedlicher als ohne. Was für ein schöner Gedanke, Eifersucht, Streit und Trennungen künftig einfach mit einem Nasenspray verhindern zu können!

Aber da gibt es zwei Probleme: Andere Studien haben gezeigt, dass Oxytocin die Testpersonen Fremden gegenüber aggressiver machen kann. Und manche menschlichen Versuchskaninchen wurden davon sogar ängstlicher und misstrauischer. Versuche an Präriewühlmäusen zeigten außerdem, dass die längere Anwendung von Oxytocin bei Mäusejungs die gegenteilige Wirkung verursachen kann. Sie wurden ihren Partnerinnen plötzlich untreu. Möglicherweise drosselt das Gehirn die eigene Oxytocinproduktion, wenn es sich an die Hormondosen aus dem Spray gewöhnt hat. Man sollte also ins körpereigene Hormonsystem lieber nicht eingreifen.

Wahre Liebe wird man damit ohnehin nicht hervorrufen können, heute nicht und auch in Zukunft nicht. Diese Meinung vertreten zumindest viele Psychologen. Sie haben nämlich herausgefunden, dass es zwei Sorten von Gefühlen gibt: Da sind einmal solche, die man mit Hormongaben fast wie auf Knopfdruck erzeugen kann: Angst, Stress, Wut, Trauer. Das sind *»Grundgefühle«*, die auch andere Lebewesen empfinden können, nicht nur Menschen. Liebe gehört aber zu einer unterschiedlichen Sorte von Gefühlen, einer viel komplizierteren. Sie steckt uns nicht in den Genen und lässt sich durch Hormone nicht hervorrufen. Die hochkomplizierte Gefühlsmischung »Liebe« setzt sich nämlich aus vielen Grundgefühlen zusammen. Außerdem, und das ist ganz wichtig, benötigen wir dafür unseren Verstand. Wir müssen uns und unsere Gefühle intuitiv bewerten und sortieren, wir müssen darüber nachdenken und Entschlüsse fassen, um wirklich lieben zu können. Dazu braucht man Lebenserfahrung und eigene Liebeserlebnisse. Und die gibt es nicht in Form eines Nasensprays.

Was Knochen über Treue verraten

Ohne Hormone geht im Körper gar nichts und ihre Wirkungen sind noch immer nicht ganz erforscht. Spekuliert wird auf diesem Gebiet aber viel und vielleicht ist an manchen Ergebnissen sogar etwas Wahres dran. Vielleicht aber auch nicht.

Ein Beispiel: Zeige mir deine Hand und ich sage dir, ob du treu bist! So etwas behaupten normalerweise Wahrsagerinnen, aber keine Wissenschaftlerinnen. Emma Nelson, Archäologin an der University of Liverpool, sagt aber genau das. Sie erkennt angeblich an den Fingerknochen von Affen, Steinzeitmenschen und heutigen Menschen, ob sie einem einzigen Partner treu waren oder dazu neigten, alles zu vernaschen, was nicht bei drei auf dem Baum war.

Konkret geht es ihr um die Länge des Ringfingers im Verhältnis zur Länge des Zeigefingers. Schon lange vermuten Wissenschaftler, dass diese beiden Finger verraten, wie stark wir im Mutterbauch männlichen und weiblichen Geschlechtshormonen ausgesetzt waren.

Jeder Mensch hat nämlich männliche und weibliche Hormone im Blut und wenn im Blut der Mutter in einer bestimmten Phase der Schwangerschaft viel männliches Testosteron enthalten ist, wächst der Ringfinger des Babys stärker. Wenn aber viel weibliches Östrogen da ist, wächst der Zeigefinger.

Emma Nelson glaubt: Wer viel männliches Testosteron abbekommt, was man am langen Ringfinger erkennt, wird im späteren Leben durchsetzungsfähig, aggressiv und sexuell aktiv. Das spricht eher für ein Liebesleben mit vielen Partnern. Und die, bei denen Zeigefinger und Ringfinger gleich lang sind, verhalten sich treu und friedlich.

Schimpansen zum Beispiel, die häufig die Partner wechseln, haben längere Ringfinger. Aber Gibbons und Menschenaffen, die paarweise treu zusammenleben, haben fast gleich lange Zeige- und Ringfinger. Bei den Urmenschen zeigt sich kein einheitliches Bild: Unsere ganz frühen Vorfahren waren dieser These zufolge nicht treu, da findet man längere Ringfinger. Aber der Australopithecus, ein gemeinsamer Urahn von Affen und Menschen, lebte, wenn diese Theorie stimmt, in festen Paarbeziehungen. Die ersten Vertreter des Homo sapiens in grauer Vorzeit zeigten unterschiedliche Fingerlängen. Sie könnten also in verschiedenen Familienformen gelebt haben.

Und heutige Menschen? Viele Männer haben längere Ringfinger und kürzere Zeigefinger, wären also eher untreu, wenn all dies stimmt. Es gibt aber auch Frauen mit eher »männlichen« Fingerlängen und umgekehrt Männer, die fast gleich lange Zeige- und Ringfinger haben.

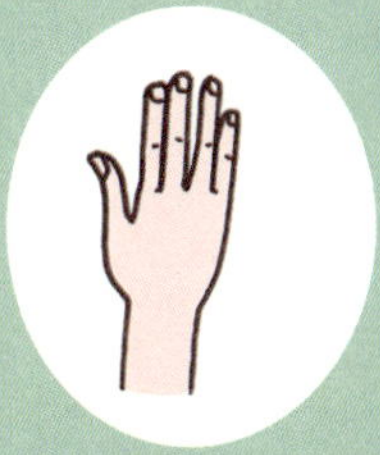

Und was sagt uns das? Vermutlich nichts. Diese Forschungsergebnisse sind umstritten. Aber es gibt Wissenschaftler, die glauben, dass auch heute noch Menschen mit längeren Ringfingern durchsetzungsfähiger, energischer, sexuell aktiver und besser in Mathe sind. Und Leute mit längeren Zeigefingern sind angeblich redseliger, friedlicher und treuer.

Wer's nachmessen will: Man dreht die Handflächen nach oben und misst die Länge von der Falte unten am Finger bis zur Fingerspitze. Und dann vergleicht man die Länge von Zeige- und Ringfinger.

Wer einen langen Ringfinger, aber eine richtig schlechte Mathenote hat, weiß zumindest eines: Irgendjemand irrt hier. Entweder die Wissenschaftler oder der Mathelehrer.

Drei Bausteine der Liebe

Jeder Mensch hat eigene Vorstellungen davon, was zu einer glücklichen Liebe gehört. Psychologen haben aber festgestellt, dass wir Menschen uns in den wichtigsten Punkten doch einig sind, egal, wo auf der Welt wir leben und wie alt wir sind. Jede glückliche Liebesbeziehung besteht offenbar aus drei Bausteinen: Leidenschaft, Intimität und Bindung.

Leidenschaft: Damit ist das Prickeln am ganzen Körper gemeint, das man empfindet, wenn man das Objekt der Begierde auch nur von Weitem sieht, die Schmetterlinge im Bauch, das große Kribbeln, der Wunsch, einen Menschen zu küssen und zu berühren.

Intimität: Das Wort klingt ein bisschen nach »Intimbereich«, meint aber etwas ganz anderes, nämlich die Nähe zu einem geliebten Menschen, das Interesse für ihn, den Wunsch, ganz viel mit ihm gemeinsam zu erleben und ihm alles erzählen zu können. Dazu gehört auch Geborgenheit.

Bindung: Das ist die bewusste Entscheidung: Dieser Mensch passt zu mir, mit dem will ich zusammen sein, selbst wenn es mal nicht so gut läuft. Ein bedingungsloses Ja zur Beziehung.

Der amerikanische Psychologe Robert Sternberg sagt: Wenn in einer Beziehung alle drei Bausteine vorhanden sind, dann ist ein Paar mit großer Wahrscheinlichkeit glücklich.

Dabei kann die Gewichtung der Bausteine aber von Paar zu Paar unterschiedlich sein und sich auch im Laufe der Zeit verschieben. Leidenschaftliches Prickeln ist meistens am Anfang am stärksten, wenn man ganz frisch verliebt ist. Dafür ist der Bindungswille in dieser Phase noch nicht so groß. Man kennt sich ja noch wenig und wenn sich das anfängliche Kribbeln plötzlich in ständiges Kabbeln verwandelt, trennt man sich auch schnell wieder. In einer langen Beziehung kann dann der Pegel der Leidenschaft sinken. Aber wenn da ganz viel Nähe und Vertrauen sind, muss schon einiges passieren, bis man über eine Trennung nachdenkt. Obwohl es dann weniger kribbelt, fühlt man sich genauso glücklich wie früher, nur eben anders.

Laut Robert Sternberg gibt es auch Beziehungen, in denen nur einer oder zwei dieser Bausteine vorkommen. Sie sind aber selten von Dauer. Wenn man zum Beispiel nur noch zusammen ist, weil man einfach einen Freund haben und nicht solo sein will, steckt dahinter vielleicht nur die Angst vorm Alleinsein. Wenn man nur zusammen ist, weil man über alles miteinander reden kann, ist es wohl einfach Freundschaft. Und bei purer Leidenschaft geht es vermutlich nur um Sex. Liebe ist mehr.

Die drei Bausteine der Liebe:

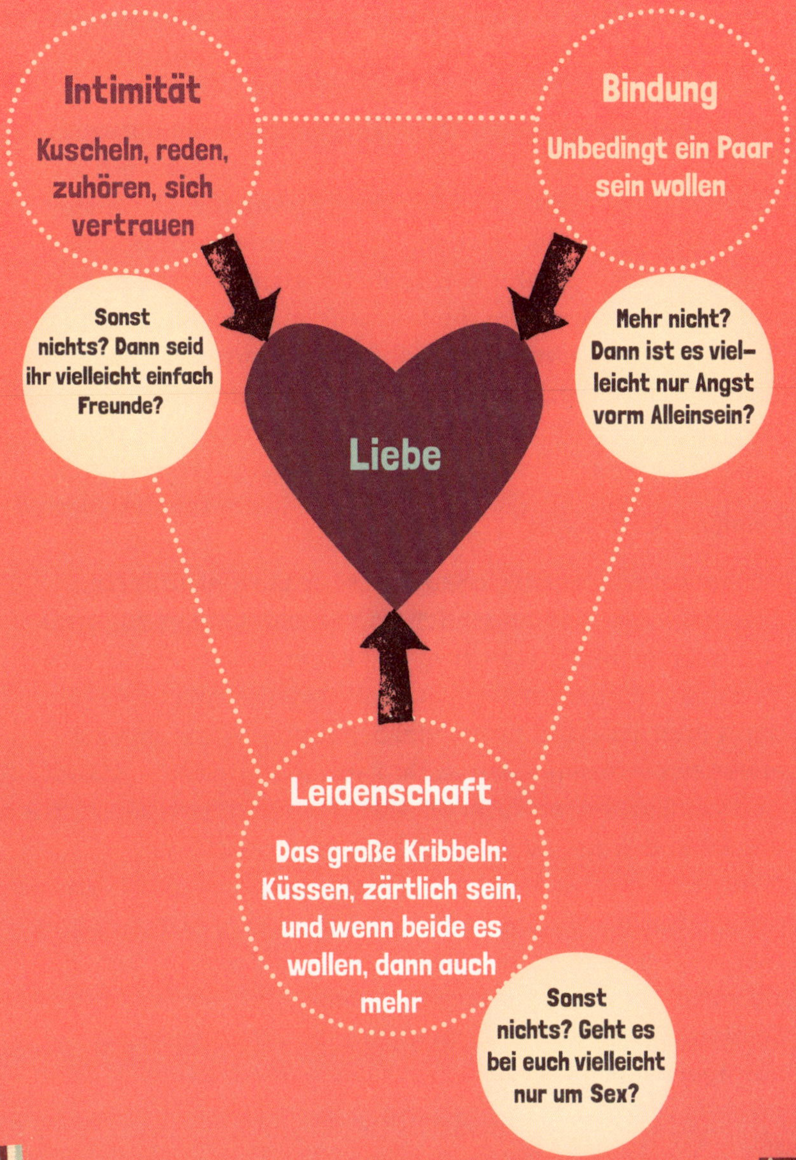

Vom ersten Sex bis zum siebten Himmel – Liebe in Zahlen

Wer glaubt an Liebe auf den ersten Blick? Und wer hat sie schon selbst erlebt? In welchem Alter erleben Jungs und Mädchen den ersten Kuss? Und wann den ersten Sex? Antworten auf solche Fragen geben Statistiken. Dafür stellt man einer möglichst großen Gruppe von Menschen exakt dieselben Fragen, zählt dann, wie oft man welche Antwort erhält, und verdeutlicht die Ergebnisse in Schaubildern, Tabellen oder Kurven.
Aber ticken Menschen wirklich so, wie Umfrageergebnisse behaupten?

Können Zahlen lügen?

»Traue keiner Statistik, die du nicht selbst gefälscht hast.« Dieser Satz stammt angeblich von Winston Churchill und warnt davor, Statistiken allzu viel Bedeutung zuzuschreiben. Tatsächlich muss man mit Statistiken vorsichtig umgehen, denn man kann mit ihnen viel behaupten, ohne wirklich etwas zu beweisen. Allzu leicht kann man sie beeinflussen und verfälschen, bewusst oder unbewusst, schon allein durch die Art und Weise, wie man Fragen formuliert.
Natürlich ist es auch wichtig, wo und wen man fragt. Und es beeinflusst ein Studienergebnis sogar, wer die Fragen stellt. Männer lügen zum Beispiel beim Thema Sex viel öfter, wenn sie von einer Frau interviewt werden.
Selbst wenn Zahlen eindeutig stimmen, muss man gut abwägen, was sie eigentlich aussagen. Nur mal ein Beispiel:

Die Zahl der Klapperstörche ist seit 1950 nachweislich stark zurückgegangen, die Zahl der neugeborenen Kinder auch. Das ist aber noch kein Beweis dafür, dass Babys von Klapperstörchen gebracht werden.
Und es gibt noch ein Problem: Zahlen sind meistens wenig aussagekräftig, wenn man Durchschnittswerte ermittelt. Würde man zum Beispiel einen Fuß in einen Eimer mit 80 Grad heißem Wasser und den zweiten in einen mit Eiswürfeln stellen, dann hätte man im Durschnitt warme Füße, in Wahrheit aber Frostbeulen und Brandblasen.
All dies sollte man immer im Hinterkopf haben, wenn man Statistiken betrachtet.

Die Steinzeit-Zahl

In dem Science-Fiction-Roman »Per Anhalter durch die Galaxis« von Douglas Adams errechnet ein Computer die Antwort auf die Frage »nach dem Leben, dem Universum und dem ganzen Rest«. Nach 7,5 Millionen Jahren spuckt er endlich ein Ergebnis aus. Es lautet: 42. »It was a joke«, sagte der Autor, als man ihn nach der Bedeutung dieser Zahl fragte.

Kein Witz ist die Zahl, die der britische Anthropologe Robin Dunbar errechnet hat und die seiner Meinung nach seit der Steinzeit die Antwort auf viele Fragen der Menschheit ist. Sie lautet 148.

Robin Dunbar stellte fest: Zwischen der Größe einer Affenhorde und der Großhirnrinde dieser Affen besteht rein rechnerisch ein Zusammenhang. Je mehr Affen pro Rudel, desto größer ist angeblich ein bestimmter Bereich auf der Großhirnrinde dieser Affenart. Dunbar folgerte daraus: Wer mit vielen Artgenossen Kontakt hat, braucht mehr Hirn. Und er dachte noch einen

Schritt weiter. Wenn diese Theorie stimmt und wenn Menschen auch Affen sind, dann kann man anhand der menschlichen Großhirnrinde berechnen, für welche Rudelgröße Menschen von Natur aus geschaffen sind.

Gedacht, getan. Dunbar vermaß Gehirne, rechnete und kam auf die Zahl 148, plus minus ein paar mehr oder weniger. Bei ungefähr 148 Mitgliedern einer Menschengruppe liegt also das Optimum fürs menschliche Gehirn. Robin Dunbar vermutete nun: So groß waren die Clans unserer Vorfahren in der Jäger-und Sammler-Zeit, und so groß sind auch heute noch alle funktionierenden menschlichen Gruppen. Ab einer Mitgliederzahl von mehr als etwa 148 kriselt es seiner Ansicht nach in Parteien, Vereinen, Firmen und Organisationen, in Dörfern, Armeen, sogar in Nonnenklöstern. Unterhalb dieser Grenze funktioniert das Miteinander angeblich wie von selbst, weil jeder sich freiwillig an alle wichtigen Regeln hält. Bei größeren Gruppen fangen Menschen aber Dunbars Meinung nach an zu schummeln und zu tricksen. Streit ist vorprogrammiert.

Dunbar hat viele Kritiker, die zu anderen Rechenergebnissen kommen. Er hat aber auch viele Anhänger, die versuchen, ihre Firmen und Organisationen in Kleingruppen mit ungefähr 148 Mitgliedern zu organisieren.

Der kleine Unterschied in Zahlen

Wenn Umfrageergebnisse Unterschiede zwischen Männern und Frauen betreffen, muss man bei den Ergebnissen besonders kritisch sein. Solche Studien stellen sich bei der Überprüfung meistens als wissenschaftlich fragwürdig heraus. In der Regel kommen die Ergebnisse dem Zeitgeist, also der jeweiligen »Denkmode« näher als der Wahrheit. Das heißt, die Wissenschaftler finden oft heraus, was sie herausfinden wollen.

Ein Beispiel: Vor hundertfünfzig Jahren arbeiteten Hirnforscher noch mit sehr einfachen Methoden. Sie füllten Totenschädel mit Gerstengraupen und ermittelten so, wie viel Platz in einem Kopf fürs Gehirn vorgesehen war. Weil sie dabei feststellten, dass in Männerschädel mehr Gerste passte als in Frauenschädel, waren sie sicher: Männer haben ein größeres Gehirn und sind deswegen intelligenter als Frauen. Dafür hatten Frauen nach Ansicht der Wissenschaftler mehr Gefühl, was angeblich an ihren zarteren Gehirnfasern lag. Heute wissen wir, dass die Sache mit Intelligenz und Gefühl nicht so einfach ist. Die Gehirnsubstanz ist bei Männern und Frauen in gleicher Weise »zart«. Und weder die Größe eines Gehirns noch das Geschlecht eines Menschen geben Hinweise auf seine Intelligenz. Trotzdem schnitten Männer in Intelligenztests tatsächlich lange besser ab als Frauen. Inzwischen hat sich das geändert.

Sind Frauen also heutzutage wirklich klüger als Männer? Das kann man daraus nicht schließen. Betrachten wir mal einen bestimmten Aufgabentyp, der in Intelligenztests häufig vorkommt. Dabei muss man bei geometrischen Figuren unter Zeitdruck erkennen, ob sie gedreht oder gespiegelt wurden. Bei diesen Aufgaben zum räumlichen Vorstellungsvermögen schneiden Jungs besser ab als Mädchen, das weiß jeder, denn schon viele Tests haben dies bewiesen. Die Testergebnisse fallen aber ganz anders aus, wenn man die Mädchen vor der Teilnahme anschwindelt und ihnen erzählt, Frauen seien genetisch bedingt bei solchen Aufgaben immer besser als Männer. Prompt können die Mädels das auch. Und wenn man Jungs erzählt, man bräuchte das hierbei getestete Können vor allem zum Häkeln, Nähen oder Gestalten von Blumensträußen, dann fallen deren Ergebnisse plötzlich gar nicht

Liebe früher: Arbeitsteilung in der Steinzeit

Lange dachte man, Männer seien in grauer Vorzeit auf die Jagd gegangen und Frauen hätten sich solange um die Höhle, den Nachwuchs, das Essen und die Kleidung gekümmert.

Heute weiß man: Das ist falsch. Wissenschaftler haben Knochen und Zähne früherer Menschen untersucht. Sowohl die Zähne von Männern als auch die von Frauen zeigten Abnutzungsspuren, wie sie durch das Weichkauen von Leder entstehen. Vermutlich haben also auch Männer Kleidung hergestellt. Und die Knochen von Frauen wiesen auffällig oft Verletzungen und Brüche auf. Auch Frauen haben also vermutlich gejagt und gekämpft. Trotzdem begründen heute immer noch viele Wissenschaftler die abstrusesten Theorien zum Thema Haushalt und Kindererziehung mit dem Hinweis, schon die Steinzeitmenschen hätten so gelebt.

mehr gut aus. Der Glaube versetzt also auch bei solchen Tests Berge.
Lange wurde von Wissenschaftlern auch behauptet, Frauen würden viel mehr reden als Männer. Das stimmt aber nicht, wie neuere Tests zeigen.

Wie viele Wörter man pro Tag im Durchschnitt sagt:

Rein biologisch betrachtet sind die Gemeinsamkeiten zwischen Jungs und Mädchen insgesamt viel größer als die Unterschiede. Es gibt zum Beispiel kein Gen für Haushaltstätigkeiten. Und Mädchen sind auch nicht von Natur aus gefühlvoller oder sensibler als Jungs. Aber natürlich werden Jungen und Mädchen von Geburt an anders erzogen, und das prägt Menschen viel stärker, als man bisher dachte. Mit diesen Unterschieden müssen wir leben – und lieben.

Wer, wie, was – Liebe allgemein

Ist Liebe, die ein *Leben lang* hält, nur ein romantisches Märchen? Wenn ja, sind die Deutschen sehr romantisch veranlagt! Mehr als 70 Prozent glauben nämlich fest daran.

Und die Statistik zeigt noch mehr: Viele Deutsche glauben nicht nur an wahre Liebe, sondern sogar an *Liebe auf den ersten Blick*. Viele haben sie sogar schon selbst erlebt.

Der *Wonnemonat,* in dem sich die meisten Liebespaare kennenlernen, ist laut Statistik nicht der Mai, sondern der August. Der Mai folgt erst an zweiter Stelle.
Und die *miesesten Monate* für die Partnersuche sind rein statistisch betrachtet Januar und Dezember.

Wenn es dann *gefunkt* hat, geht es bei vielen Paaren schnell zur Sache. Bei einer Umfrage wünschten sich rund 40 Prozent der Befragten den ersten Kuss schon beim zweiten Date.
Über den Verlauf des dritten Dates herrschten dann unterschiedliche Ansichten. 42 Prozent der Männer hätten gern schon jetzt den ersten *Sex,* aber 75 Prozent der Frauen halten das für zu früh.
Die durchschnittlichen Deutschen haben angeblich 2,2 Mal pro Woche Sex, genau wie die Österreicher. Die Schweizer kommen auf einen Schnitt von 2,4 Mal wöchentlich. Damit liegen die drei Länder weltweit betrachtet im Mittelfeld. An der Spitze findet man die Griechen mit einem Durchschnitt von 3,2 und am Schluss der Liste die Japaner mit 0,9 Mal.

Diese Ergebnisse muss man allerdings kritisch betrachten. Statistiken zeigen nämlich auch, dass bei Umfragen nie so viel gelogen wird wie beim Thema Sex. Zudem leben in Japan mehr alte Menschen als in anderen Ländern.

Paare haben offenbar grundsätzlich mehr Sex als Singles, an der Geschichte vom wilden, freien Singledasein ist also nicht viel dran. Die Häufigkeit von Sex nimmt aber bei Paaren nach einer Beziehungszeit von zwei bis fünf Jahren ab und geht dann im Laufe des Lebens langsam immer weiter zurück.
Und noch ein paar interessante Zahlen zum Thema Sex: Die meisten Deutschen haben im Durchschnitt sechs Sexpartner im Leben. Aber Achtung, das ist ein Durchschnittswert!
5 Prozent der Befragten hatten allerdings noch nie im Leben Sex und weitere 5 Prozent hatten schon Sex mit mehr als dreißig Partnern.

Rund ein Drittel der Befragten gab an, schon mal einen One-Night-Stand gehabt zu haben, also Sex ohne Liebe. Liebe ohne Sex, das konnten sich aber langfristig nur 2 Prozent der Befragten vorstellen.
97 Prozent der Befragten betonten bei einer Umfrage, *Treue* sei ihnen in einer Beziehung wichtig. Bei derselben Befragung gab aber die Hälfte der Frauen an, ihren Partner schon einmal betrogen zu haben. Bei den Männern war nur ein Drittel schon einmal untreu.
Schätzungen zufolge sind rund 8 Prozent der Menschen nicht rein heterosexuell veranlagt, das heißt, sie sind auch an *gleichgeschlechtlichen* Partnern interessiert. Etwa 2 Prozent aller Menschen sind schwul oder lesbisch. In Deutschland leben rund 67 000 Paare in einer gleichgeschlechtlichen Partnerschaft, darunter 40 000 männliche und 27 000 weibliche Paare. Hier vermuten Wissenschaftler aber eine hohe Dunkelziffer, vermutlich sagen viele Testpersonen nicht die Wahrheit und so manch eine WG ist eigentlich eher eine Lebensgemeinschaft als eine Wohngemeinschaft.

Viele solcher Gemeinschaften werden im Laufe des Lebens auch wieder gelöst. Man liest überall, dass die *Scheidungsraten* steigen. Keine Statistik beweist aber, dass heutzutage wirklich viel mehr Ehen geschieden werden als früher. Scheidungsraten berechnet man nämlich, indem man die Zahl der Hochzeiten eines Jahres mit der Zahl der Scheidungen im selben Jahr vergleicht. Wenn aber weniger Leute heiraten, steigt automatisch auch die Scheidungsrate, ohne dass sich wirklich mehr Ehepaare trennen. Und die Zahl der Eheschließungen sinkt tatsächlich.
Man müsste also eigentlich berechnen, wie viele Ehepaare sich im Laufe ihres Lebens trennen. Das geht aber nicht, denn man kann die Zahlen erst erheben, wenn einer der

Partner tot ist, also unter Umständen erst Jahrzehnte nach der Eheschließung. Wie hoch das Scheidungsrisiko für ein Paar ist, das heute heiratet, wissen wir also frühestens in etwa fünfzig Jahren.
Schätzungen zufolge wird jede dritte Ehe geschieden. Das heißt aber auch, dass zwei Drittel aller Ehen halten. Und dabei sind Liebesbeziehungen ohne Trauschein noch gar nicht erfasst. Man kann schließlich auch sein ganzes Leben lang zusammen sein, ohne zu heiraten. Die meisten Eheleute sind mit ihrem Leben übrigens zufrieden: 90 Prozent der verheirateten Paare würden ihren Partner wieder heiraten. Die restlichen 10 Prozent sind zwar nicht glücklich, haben sich aber irgendwie mit der Situation abgefunden.

33%
66%
90%
10%

Liebe früher: Gilgamesch und die Liebe

Zahlen über die Liebe ändern sich. Aber ändert sich auch die Liebe? Ist sie eine Frage der Kultur, der Erziehung und der Mode? Und wenn ja – gibt es auch etwas, das immer gleich bleibt in Sachen Liebe?

Das ist schwer zu beantworten, denn wir können heutige Umfrageergebnisse nicht mit Zahlen aus früheren Zeiten vergleichen. Die gibt es nämlich nicht. Aus uralten Zeiten sind uns nur Geschichten überliefert und ob sie die Wahrheit oder nur einen Wunschtraum des Autors erzählen, weiß man nicht.

Die älteste erhaltene Erzählung der Menschheit ist etwa viertausend Jahre alt und stammt aus dem Orient. Sie handelt von einem König namens Gilgamesch, einem wahren Superhelden. Es geht darin um Macht, Männerfreundschaften, Mutproben, Abenteuer und um die Suche nach Unsterblichkeit. Und es geht um Sex. Gilgamesch beansprucht beispielsweise als König das Recht der ersten Nacht. Wenn also in seinem Reich eine Frau oder ein Mädchen heiratet, verbringt nicht der Bräutigam die Hochzeitsnacht mit seiner Zukünftigen, sondern der König. Mit Liebe hat das nichts zu tun.

Eine Stelle aber gibt es im Gilgamesch-Epos, an der wir immerhin etwas über die Beziehung zwischen Männern und ihren Frauen erfahren. Fast am Schluss der Geschichte erscheint die Liebesgöttin Ištar. Sie möchte Gilgamesch aufhalten, der nach einer Methode sucht, um unsterblich zu werden.

»Gilgamesch, wohin läufst du?«, fragt sie den König. »Das Leben, das du suchst, wirst du sicher nicht finden.«

Als der König innehält und ihr zuhört, erklärt sie ihm, dass Unsterblichkeit nur den Göttern bestimmt sei. Und dann beschreibt sie, wie Menschen leben sollten, wenn sie glücklich sein wollen. Wer jetzt aber eine Liste von Gesetzen und Verboten erwartet, der irrt sich. Die Göttin rät den Menschen stattdessen, sich den Bauch zu füllen, Feste zu feiern, zu tanzen und zu spielen. Ihre Kleidung soll immer sauber sein, ihre Haare gewaschen, und sie sollen sich salben, baden und ölen. Außerdem sollen sie sich an ihren Kindern erfreuen und ihre Frau beim Liebesspiel beglücken. »Solcher Art ist das Werk der Menschen!«, sagt sie zu Gilgamesch.

Feiern und Essen, Spaß beim Sex, und zwar für beide Partner, Zeit mit den Kindern verbringen und dabei immer wohlriechend und sauber sein, so lautet also das uralte Glücksrezept für Menschen. Und nicht nur die Sumerer verbreiteten diese Lebensweisheit. Auch in einem uralten ägyptischen Lied, dem Harfnerlied des Antef, findet man fast denselben Rat. Selbst in der Bibel gibt es eine ähnliche Textstelle: »Iss freudig dein Brot und trink vergnügt deinen Wein; denn das, was du tust, hat Gott längst so festgelegt, wie es ihm gefiel. Trag jederzeit frische Kleider und nie fehle duftendes Öl auf deinem Haupt. Mit einer Frau, die du liebst, genieß das Leben alle Tage deines Lebens voll Windhauch, die er dir unter der Sonne geschenkt hat.« (Kohelet 9, 7–9)

Drei Völker – ein Gedanke. Kann das Zufall sein? Vielleicht war diese Auffassung damals in vielen Ländern weit verbreitet. Und wie wir wissen, denken und leben auch heute noch viele Menschen so. Nicht alles ändert sich.

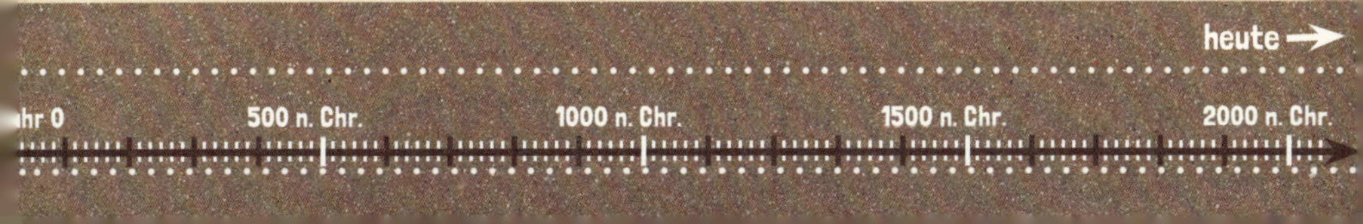

Erste Liebe

Mit dreizehn der erste Kuss. Mit vierzehn die erste feste Beziehung und Zungenküsse. Mit sechzehn dann der erste Sex. Wenn man den Statistiken glaubt, sieht ungefähr so das durchschnittliche Liebesleben heutiger Jugendlicher aus. Allerdings gibt es solche Durchschnitts-Teenies im wahren Leben selten, denn die Zahlen driften bei diesen Statistiken weit auseinander. Stellen wir uns mal eine Party mit hundert Leuten vor, die gerade alle achtzehn geworden sind. Ungefähr zehn von ihnen hatten ihren ersten Sex schon mit dreizehn. Knapp dreißig haben auch jetzt, mit achtzehn, noch nie mit jemandem geschlafen. Die übrigen sechzig hatten zwar schon Sex, aber manche mit fünfzehn, manche mit sechzehn und manche mit siebzehn Jahren. Dieses uneinheitliche Bild ergibt dann im Durchschnitt ein Lebensalter von sechzehn beim ersten Mal.

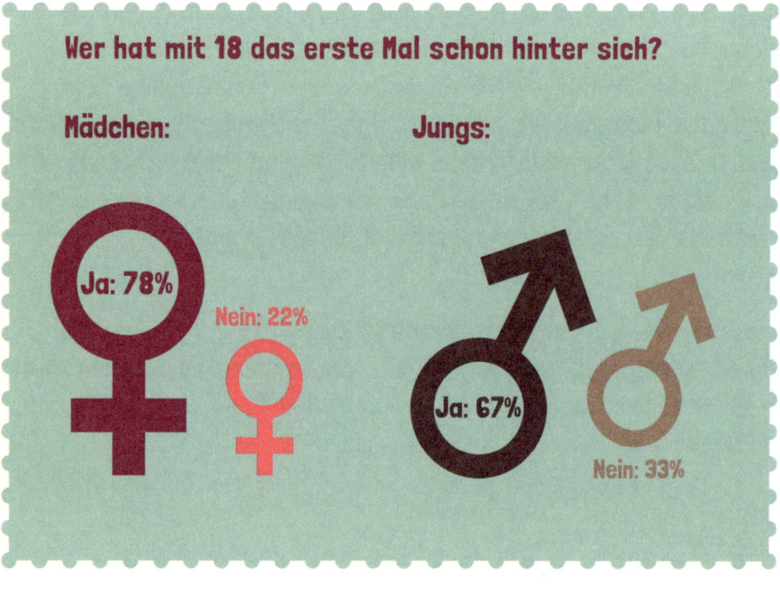

Heute sind laut Statistik mehr Teenies solo als noch vor ein paar Jahren. Ein Fünftel aller 17-Jährigen hatte noch nie eine richtige Beziehung. Aber auch Jugendliche, die schon einen Freund oder eine Freundin hatten, sind danach oft längere Zeit Single.
Warum? Da kann man nur spekulieren. Vielleicht liegt es daran, dass Jugendliche die Sache mit der Liebe heutzutage ernster nehmen als früher. Sie machen ungern halbe Sachen und warten lieber auf Mr oder Mrs Right. Immerhin zwei Drittel aller Teenies, die einen festen Freund oder eine feste Freundin haben, sagen, dass sie ihren Partner oder ihre Partnerin »über alle Maßen lieben«. Das haben Teilnehmer früherer Umfragen lockerer gesehen.
Sex ohne Liebe gibt es bei Jugendlichen heutzutage übrigens eher selten. Die meisten Paare sind fest zusammen, bevor sie beschließen, dass die Zeit reif für mehr ist. Mädchen erleben das erste Mal etwas häufiger als Jungs in einer festen Beziehung.

Und wie läuft das dann ab mit dem Sex? Die Statistiken sagen: Der Durchschnitts-Teenie trifft gemeinsam mit seinem Partner die Entscheidung fürs erste Mal und sorgt schon davor zuverlässig für Verhütung. Dabei sind Kondom und Pille die Mittel der Wahl. Wo und wie dieses erste Mal stattfindet, darüber schweigen die Statistiken. Fest steht aber: Jungs finden es öfter schön als Mädchen.

Mädchen: 47 % positiv **Jungs: 71 % positiv**

Treue ist Jugendlichen Umfragen zufolge sehr wichtig und Fremdgehen kommt für viele nicht infrage. Trotzdem hält die erste Beziehung im Durchschnitt oft nur drei Monate. Nur 15 Prozent der Paare trennen sich jedoch, weil sich einer der Partner in einen oder eine andere verliebt hat. Meistens endet die Liebe einfach von selbst oder einer von beiden stellt fest, dass der Freund oder die Freundin einfach nicht zu ihm passt. Streit wird bei den Trennungsgründen erst an dritter Stelle genannt. Liebeskummer dauert bei Mädchen übrigens im Schnitt achtundvierzig Tage, bei Jungs dreißig Tage.

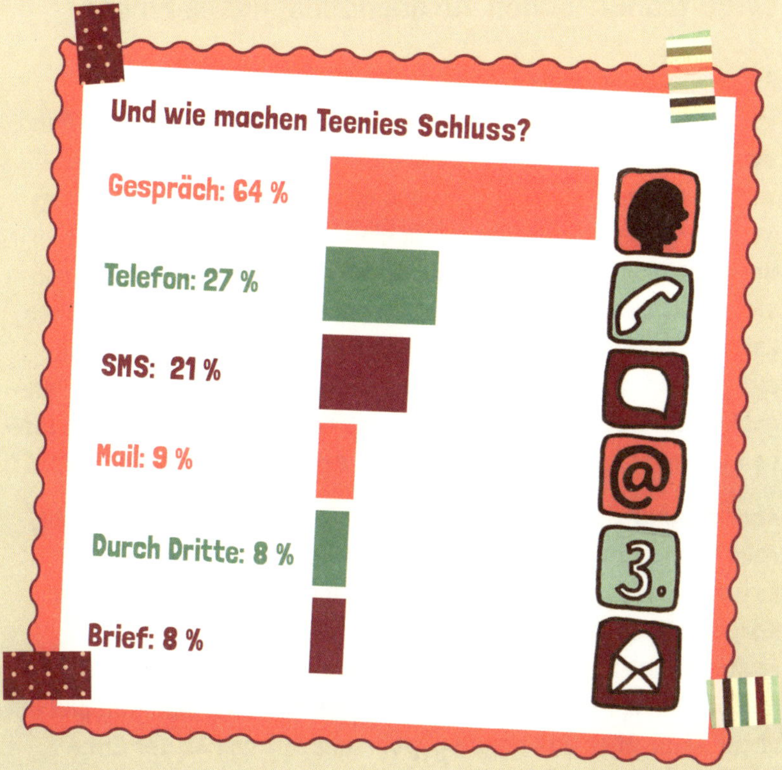

Wer bisher übrigens dachte, Jugendliche seien heutzutage sexuell viel aktiver als noch zur Zeit ihrer Eltern, der irrt. Aber er bestätigt damit einen weiteren statistischen Trend. Umfragen zeigen nämlich, dass viele Teenies glauben, die meisten anderen hätten schon längst Sex gehabt, obwohl das gar nicht stimmt.

Liebe früher: Schon Tutanchamun hatte Pickel

Pubertät. Da muss man durch, so wie eine Raupe, die sich verpuppen muss, um ein Schmetterling werden zu können. Das zumindest glauben heutzutage viele Wissenschaftler. Irgendwann zwischen dem zehnten und dem vierzehnten Geburtstag gerät angeblich jeder Mensch in eine Lebensphase, in der die Hormone im Körper die Regie übernehmen. Dann verändert man sich nicht nur körperlich, sondern auch im Verhalten. Schlechte Laune, Streit mit den Eltern, Chillen mit der Clique, kein Bock auf gar nichts, das zählt zu typischem Pubertätsverhalten. Angeblich befindet sich in dieser Phase das gesamte Gehirn im Umbau und man kann gar nicht anders, selbst wenn man es wollte.

Aber stimmt das wirklich? Wenn man über diese Frage forscht, fällt schnell auf, dass frühere Menschen die stürmische Entwicklungszeit namens Pubertät überhaupt nicht kannten. Körperliche Veränderungen, klar, die machten Teenies auch früher schon durch, wenn ihre Hormone in Aktion traten. Schon der 19-jährige ägyptische Pharao Tutanchamun zum Beispiel litt unter Akne. Aber das ganze psychische Auf und Ab der Entwicklungsjahre und das unbrauchbare Gehirn im Umbau, davon war in früheren Zeiten nie die Rede.
Man war als Mensch früher ein paar Jahre lang Kind und irgendwann galt man dann als erwachsen. Dazwischen lag keine jahrelange Entwicklungsphase, sondern meistens nur ein Übergangsritual, ein Fest zum Beispiel. Und wenn man dann erwachsen war, musste man gleich richtig ran ans Leben, ohne Schonzeit. Als Tutanchamun mit neunzehn starb, hatte er schon als Pharao geherrscht, war verheiratet gewesen und hatte zwei Kinder gezeugt.

Mussten Jugendliche früher also ihre pubertären Stimmungsschwankungen unterdrücken und durften niemals wirklich jung

← vor 35 000 Jahren
1333 v. Chr.
2000 v. Chr. 1500 v. Chr. 1000 v. Chr. 500 v. Chr.

sein? Einige Psychologen vertreten eine andere Theorie. Sie sagen: Jugendliche hatten in früheren Zeiten die meisten typischen Pubertätsprobleme gar nicht. Verhaltensforscher haben nämlich weltweit 186 Kulturen untersucht und dabei festgestellt, dass dieses angeblich typische Pubertätsverhalten nur in der westlichen modernen Welt auftritt. Überall sonst hängen Jugendliche in den Entwicklungsjahren nicht mit Gleichaltrigen ab und sie ziehen sich auch nicht in eine eigene Welt zurück. Stattdessen sind sie fast ausschließlich mit Erwachsenen zusammen und übernehmen schon feste Aufgaben in der Gemeinschaft. Und dabei geht es ihnen offenbar gut.

Manche Psychologen glauben deswegen: Jugendliche in westlichen Industrienationen sind nicht rebellisch, sie sind depressiv. Weil sie keiner für voll nimmt, weil man sie in der Familie und in der Schule noch immer behandelt wie Kinder, weil sie niemals echte Verantwortung übernehmen dürfen, nicht mal für ihr eigenes Leben. Was ein Teenager anzieht, was er isst, wie er sich benimmt, was er lernt und wen er liebt, das kann er spätestens mit vierzehn selbst entscheiden, so die Vertreter dieser Theorie. Sie geben zu: Klar geht dabei vielleicht manchmal auch etwas schief. Aber auch Erwachsene machen schließlich Fehler.

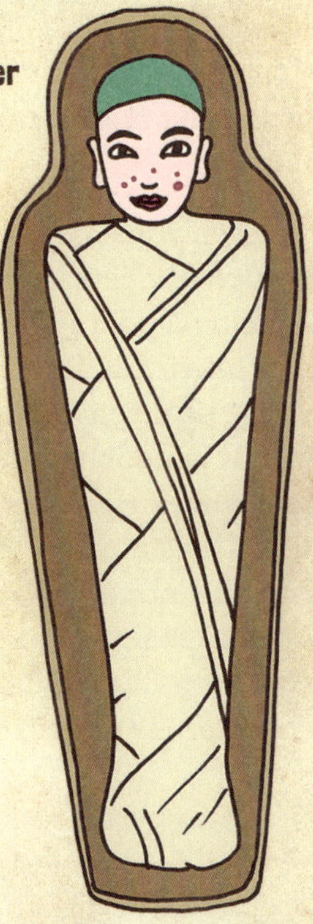

Liebe wissenschaftlich – rosarote Zeiten

Was ist Wissenschaft? Das klingt wie eine ganz einfache Frage. Jeder hat sofort Bilder vor Augen: Menschen in weißen Kitteln, Reagenzgläser, Petrischalen, ein Hörsaal voller Studenten, mathematische Formeln an der Tafel. Ein ergrauter Professor mit wirrem Haar, der der ganzen Welt die Zunge herausstreckt. Aber wenn man in Worte fassen will, was Wissenschaft ist, wird die Antwort kompliziert.

Wissenschaftlich denken, wissenschaftlich lieben

Es gibt viele Wissenschaften, solche, die sich mit der *Natur* befassen wie Physik, Chemie, Biologie, aber auch welche, die sich mit der *Gedankenwelt* befassen, z.B. Philosophie, Pädagogik oder Psychologie. Und genauso vielfältig sind die *Methoden,* mit denen Wissenschaftler arbeiten. Was macht eine Wissenschaft zur Wissenschaft?
Fragen wir doch einfach mal den ergrauten Professor mit dem wirren Haar, der der Welt die Zunge herausstreckt, also Albert Einstein. Der sagte zu diesem Thema: »Alle Wissenschaft ist nur eine Verfeinerung des Denkens des Alltags.« Einstein meinte also: Wissenschaftler tun genau das, was jeder Mensch im Alltag sowieso tut, nämlich denken. Aber sie verfeinern ihre Gedanken.

Die wichtigsten Regeln dafür lauten:

Und wie ist das nun mit der Liebe? Kann man sie überhaupt wissenschaftlich erforschen? Ist es denkbar, dass Liebe logischen Regeln folgt? Kann es sein, dass Experimente zum Liebesverhalten des Homo sapiens wiederholbar sind und beim zweiten und dritten Mal auch wieder dieselben Ergebnisse bringen? Oder ist Liebe unlogisch, irrational, von Mensch zu Mensch unterschiedlich? Treffen beim Thema Liebe und Wissenschaft vielleicht zwei Welten aufeinander, die unvereinbar sind?

Die Antwortet lautet: ja und nein. Die Wahrheit über die Liebe können Wissenschaftler bestimmt nicht erforschen. In der Mathematik ist eins plus eins zwei. In der Liebe kann eins plus eins jedoch viele Ergebnisse bringen. Aber man kann dennoch Trends herausfinden und feststellen, was viele Menschen über die Liebe denken und welchen Stellenwert sie in ihrem Leben hat. Ob das etwas bringt? Fest steht: Seit Jahrzehnten erforschen Wissenschaftler auf der ganzen Welt die Liebe und immer noch lieben überall auf der Welt Menschen einfach so ins Blaue hinein. Selbst die klügsten Professoren verlieren auch heute noch im Zustand der Verliebtheit komplett den Verstand. Dass man Liebe je berechnen, voraussagen, verändern, künstlich hervorrufen oder beenden kann, scheint noch immer unwahrscheinlich.

Sollte man also nicht einfach aufhören, Liebe mit wissenschaftlichen Methoden ergründen zu wollen? Wir verstehen sie doch sowieso nie.

Albert Einstein hat gesagt: »Man muss die Welt nicht verstehen, man muss sich nur darin zurechtfinden.«

Das ist ein gutes Argument. Wenn man also wissenschaftliche Erkenntnisse als Denkanstoß nutzt, um sich eigene Gedanken über die Liebe zu machen, kann man den eigenen Weg leichter erkennen und sich in der Welt besser zurechtfinden. Und dann haben Forschungsergebnisse schon viel bewirkt.

E = mc²
L = 1 + E² + B − E²
LIEBE

Liebe früher: Platon und die Liebe

Einer der Ersten, der versuchte, die Welt nach wissenschaftlichen Regeln neu zu durchdenken, war der griechische Philosoph Platon. Er machte sich sogar schon Gedanken über Liebe und Sex.

Platon betrachtete den Körper als Gefängnis für die Seele. Die körperliche Seite von Liebe war für ihn nur eine Vorstufe zur verfeinerten, geistigen Liebe. Gereifte Menschen, so dachte er, sind irgendwann befreit von körperlichen Gelüsten, sie streben gar nicht mehr nach Küssen und Umarmungen, sondern nur noch nach dem Wahren, Schönen, Guten und Edlen, nach einer anderen Form von Liebe. Noch heute ist »platonische Liebe« ein anderer Ausdruck für »Liebe ohne Sex«.

Aber kaum jemand hofft heute noch, die Sache mit dem Sex im Leben möglichst schnell hinter sich zu bringen, um sich dann endlich mit philosophischen Fragen befassen zu können. Wir sehen Körper und Geist als Einheit und glauben, dass beides möglich ist, ein erfülltes Sexleben und philosophische Gedanken.

Eine von Platons Geschichten zum Thema Liebe ist trotzdem heute noch beliebt, einfach, weil sie so schön ist.

Dieser Geschichte zufolge waren die Menschen einst kugelförmig und hatten vier Arme, vier Beine und zwei Gesichter. Manche dieser Kugelmenschen bestanden aus zwei männlichen Hälften, manche aus zwei weiblichen, eine dritte Sorte bestand aus Hälften beider Geschlechter. Diese Kugelmenschen waren stark und wagemutig und irgendwann wollten sie den Götterhimmel stürmen. So geht es nicht weiter, beschloss Göttervater Zeus und trennte die Menschen in zwei Hälften, um ihren Übermut zu dämpfen.

Das Ergebnis war aus Göttersicht ein voller Erfolg. Die halbierten Menschen waren jetzt nicht nur friedlicher, es gab sogar doppelt so viele von ihnen und die brachten den Göttern natürlich auch doppelt so viele Opfer. Die Menschen aber litten sehr unter der Trennung, und sie tun es noch heute. Seitdem fühlt sich nämlich jeder Mensch einsam und sucht ein Leben lang verzweifelt nach seiner anderen Hälfte. Wenn er sie tatsächlich wiederfindet, bleiben die beiden für den Rest ihres Lebens zusammen. Wenn's nicht der oder die Richtige war, irren sie weiter, immer auf der Suche nach dem einen, einzigen Menschen, der ihnen das Gefühl vermitteln kann, ganz zu sein.

Wo und wie man Mr Right findet

Hat Platon recht? Gibt es für jeden von uns irgendwo auf der Welt einen einzigen Menschen, der unsere Bestimmung ist? Hoffentlich nicht! Rund um den Globus leben mehr als sieben Milliarden Menschen. Die Trefferquote wäre äußerst gering, wenn es für jeden von uns nur einen Richtigen gäbe. So schön Platons Geschichte auch klingt, bei näherem Hinsehen ist sie ganz schön frustrierend.

Buddhisten sehen die Sache mit dem passenden Partner lockerer als Platon. Sie meinen: Es gibt nicht nur einen einzigen Menschen auf der Welt, der uns glücklich machen kann, es gibt viele. Infrage kommt jeder, mit dem wir schon in früheren Leben engen Kontakt hatten. Wenn schon mal Gefühle da waren, springt auch in diesem Leben der Funke leichter über. Und dabei muss es in längst vergangenen Zeiten gar keine Liebesbeziehung gewesen sein, die zwei Menschen verband. Man kann sich auch einfach so gekannt und gemocht haben. Weil wir alle nach buddhistischem Glauben schon viele Leben hinter uns haben, kommen für uns auch sehr viele Menschen als Partner infrage und die Trefferquote ist eindeutig höher als bei Platons Konzept. Aber einfach ist es auch für Buddhisten nicht, einen geeigneten Partner zu finden. Wir erinnern uns ja leider nicht an frühere Leben. Wir wissen nicht, mit wem wir schon mal was hatten und in welcher Gestalt diese Menschen zurzeit auf Erden wandeln. Deswegen müssen auch Buddhisten sich immer erst vorsichtig an neue Partner herantasten, und wenn es in einer Beziehung Streit gibt, handelt es sich vermutlich um unvereinbares Karma und die beiden sollten lieber weitersuchen.

Ganz anders sehen moderne *Psychologen* die Sache mit der Partnersuche. Wer auf einen Menschen wartet, der vom

Schicksal für ihn vorherbestimmt ist, landet ihrer Meinung nach nicht auf Wolke sieben, sondern irgendwann auf der Couch eines Therapeuten. Denn wer bei der Liebe an Vorherbestimmung glaubt, dem ist Psychologen zufolge ständiges Scheitern vorherbestimmt.
Viele Beziehungsforscher gehen stattdessen davon aus, dass ein Mensch unter ungefähr hundert Singles, die vom Alter und den Interessen her passen, mindestens einen finden kann, mit dem eine glückliche Beziehung möglich ist. Und wenn's mal kriselt, muss man sich deswegen nicht gleich trennen, dann kann man nach Ansicht von Psychologen auch gemeinsam etwas an der Beziehung ändern. Traumprinzen und Traumprinzessinnen, mit denen man ohne Streit glücklich bis ans Lebensende leben kann, gibt es ihrer Ansicht nach nicht, auch nicht ein einziges Mal unter sieben Milliarden Menschen.
Was stimmt denn jetzt? Wer hat recht? Platon, die Buddhisten oder die Psychologen?

Wie denkst du darüber? Ist Liebe für dich eine Himmelsmacht, vom Schicksal vorherbestimmt und nur mit dem einen, einzigen, unvergleichlichen Partner erlebbar? Dann warte ab, was das Schicksal mit dir vorhat und folge deinem Herzen.
Oder willst du nicht aufs Schicksal warten, sondern aktiv jemanden finden, der zu dir und deinem Leben passt? Dafür haben Wissenschaftler einige Tipps parat.

Wen lieben?

Es gibt zwei alte Weisheiten. *»Gegensätze ziehen sich an«* und *»Gleich und gleich gesellt sich gern«.* Wenn es um den Charakter geht, stimmt der zweite Satz. Glücklich wirst du eher mit jemandem, der ähnlich tickt wie du. Je mehr du also mit deinem Schwarm gemeinsam hast, desto besser. Jemand, der ganz anders ist, garantiert dir zwar Spannung und Abenteuer, aber irgendwann nerven die Gegensätze nur noch. Der Spruch »Gegensätze ziehen sich an« stimmt nur in einem Fall, und zwar, wenn man seiner Nase folgt. Das konnte eine Studie an der Universität Bern beweisen. Die Wissenschaftler ließen Studentinnen an getragenen T-Shirts männlicher Testpersonen riechen und fragten sie anschließend, welchen Duft sie am liebsten mochten. Ergebnis: Jede mochte den Duft von solchen Männern, deren Immunsystem ihrem eigenen am wenigsten ähnelte. Rein genetisch betrachtet erhöht es nämlich die Aussichten auf gesunde Nachkommen, wenn wir uns in diesem Punkt genetisch nicht ähneln. Und das können wir Menschen offenbar riechen. Statt »Schau mir in die Augen, Kleines« müsste man also eigentlich beim Flirten sagen »Riech mir unter der Achsel, Kleines«. Für den ersten Kontakt eignet sich dieser Satz aber nicht!

Wo suchen?

Du musst nicht um die ganze Welt reisen und alle sieben Milliarden Menschen kennenlernen, um Liebesglück zu finden. Eine Studie beweist: Die meisten Paare wuchsen nicht mehr als 30 Kilometer voneinander entfernt auf. Wo findest du die meisten Menschen, die eine ähnliche Herkunft, eine ähnliche Schulbildung oder ähnliche Hobbys haben wie du? Ist doch klar: In der Nachbarschaft, in der Schule und bei deinen Hobbys! Also Augen auf im Alltag!!

Wie auffallen?

Was ist nach Meinung von Wissenschaftlern das wichtigste Auswahlkriterium bei der Partnersuche des Homo sapiens? Was entscheidet darüber, ob dich jemand kennenlernen möchte oder nicht?
Du wirst es nicht gern hören, aber irgendwie weißt du es schon längst. Studien beweisen: Das *Aussehen* entscheidet. Menschen sprechen grundsätzlich nur Menschen an, die sie attraktiv finden.
Eigentlich ist das logisch. Bei wahrer Liebe sind natürlich auch innere Werte wichtig, aber die sieht man einem Menschen ja nicht an. Und wenn wir zum ersten Mal vor jemandem stehen und entscheiden müssen, ob wir ihn überhaupt kennenlernen wollen, haben wir nur unsere Augen, die uns bei dieser Entscheidung helfen können. Anfassen oder an jemandem riechen geht in diesem Moment einfach nicht und wenn die Musik laut ist, fallen auch die Ohren als Zeugen weg.
Wir benötigen ungefähr hundert Millisekunden, um zu entscheiden, ob wir jemanden attraktiv finden oder nicht. Und dabei bevorzugen wir schöne Menschen.
Jetzt denkst du vielleicht mit Entsetzen an deine Nase, die entweder zu groß oder zu klein ist, an deinen Po, den du zu dick oder zu dünn findest, an deine Haare – zu lockig oder zu glatt. Und du denkst: Kein Wunder, dass es nie klappt mit der Liebe, so wie ich aussehe.
Stopp. Entspann dich! Zum Glück finden nicht alle Menschen dasselbe schön, nicht dieselbe Nasengröße, nicht denselben Poumfang und auch nicht dieselbe Frisur.
Früher dachte man, es gäbe messbare Kriterien für die Schönheit eines Gesichts. Vitruv zum Beispiel, ein römischer

Architekt aus dem 1. Jahrhundert vor Christus, hat eine Formel entwickelt, nach der man das Idealgesicht eines Menschen ermitteln kann. Man muss es seiner Meinung nach dritteln können: Die Entfernung vom Kinn bis zur Nasenspitze sollte exakt gleich groß sein wie die von der Nasenspitze bis zu den Augenbrauen und die von den Brauen bis zum Haaransatz. Und die Gesichtsbreite sollte exakt zwei Drittel der Gesichtslänge betragen. In den Abstand zwischen den Augen sollte genau ein drittes Auge passen.
Heute weiß man aber, dass es keine allgemeingültigen Regeln dafür gibt, was Menschen schön finden.
Glaubst du nicht? Stimmt aber! Man muss sich nur mal anschauen, wie unterschiedlich Hunde aussehen und wie stolz und selbstbewusst alle Hundebesitzer behaupten, ihr

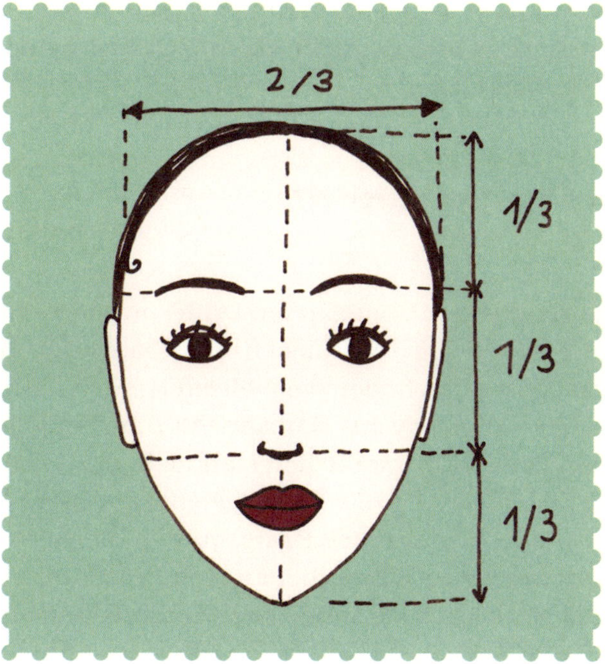

Wuffi sei der schönste, egal ob er haarig oder faltig, dick oder dünn, plattschnauzig oder spitznasig ist. Oder denk mal an die alten Gemälde in Schlössern und Burgen. Darauf sieht man oft Damen, die zu ihrer Zeit als die Schönsten im ganzen Lande galten. Und heute denken wir: Au weia, was für Quellaugen! Und die Nase! Und dann diese Frisur, das geht ja wohl gar nicht!

Was wir schön finden, ist also eine Mischung aus Mode und eigenem Geschmack. Und was wir uns von einem Partner wünschen, ist Wissenschaftlern zufolge nicht außergewöhnliche Schönheit sondern nur »Attraktivität«. Das heißt: Wir müssen ihn oder sie toll finden. Übrigens: Umso besser ist es, wenn andere ihn auch gut finden, denn Konkurrenz belebt das Geschäft. So einfach ist das und zugleich so kompliziert.

Was finden Menschen attraktiv?

Tests haben ergeben: Ungefähr ein Drittel unserer Schönheit betrifft die »Hardware«, also objektiv messbare körperliche Merkmale. Deswegen finden die meisten Menschen Heidi Klum schöner als Cindy aus Marzahn. Als schön empfinden Menschen nämlich grundsätzlich Merkmale, die Gesundheit signalisieren, wie große, klare Augen, einen gesunden Teint, rote Lippen, glänzende Haare, gute Zähne. Allerdings geht es nicht allen so! Die restlichen zwei Drittel unserer Schönheit setzen sich zusammen aus Ausstrahlung und dem persönlichen Geschmack des Betrachters. Und da kann Cindy aus Marzahn auch besser abschneiden als Heidi Klum.

Du bist nur Durchschnitt? Super!!!

Wenn wir alle immer nur die schönsten Menschen lieben würden, dann wäre die Menschheit längst ausgestorben. Neueste wissenschaftliche Studien weisen darauf hin, dass es nicht perfekte Schönheit ist, die wir suchen, sondern »Nichthässlichkeit«. Durchschnitt reicht bei der Hardware vollkommen aus. Ein durchschnittlicher Teint, durchschnittliche Zähne, durchschnittlicher Haarglanz. Und wer sich jetzt selbst als unterdurchschnittlich empfindet, sollte erst mal tief durchatmen. Studien zeigen nämlich: Viele Mädchen finden sich hässlicher als sie sind. Selbst wenn deine Nase vielleicht wirklich ein bisschen zu groß ist oder deine Haare nicht glänzen, was zählt ist das Gesamtbild. Und das wird auch ganz stark davon beeinflusst, wie gut wir uns finden und wie wohl wir uns gerade fühlen. Vitamine und Bewegung sorgen für eine frische Farbe auf den Wangen. Haare sollte man waschen und pflegen. Kleine Pickel kann man überschminken, mit Akne sollte man zum Hautarzt gehen. Und wenn man dann noch genug schläft, damit weder schwarze Ringe noch rote Augen den Blick trüben, ist man schön genug für diese Welt. Der Rest ist Geschmack und über den kann man bekanntlich ewig streiten.

Gute Laune ist sexy!

Ein strahlendes Lächeln, Selbstbewusstsein und Humor erhöhen die Attraktivität. Studien beweisen: Wer gut drauf ist, kommt überall besser an. Und gute Laune kann man lernen. Alles, was wir denken, hinterlässt nämlich Spuren im Gehirn. Durch gedankliches Training werden aus diesen Spuren irgendwann Trampelpfade und schließlich Wege, auf denen man mühelos wandeln kann. Wer also oft gut drauf ist, hat irgendwann auch schneller gute Laune und ist ein fröhlicherer Mensch.

So kannst du gute Laune üben:

1. *Gut gelaunt aussehen!* Schon eine aufrechte Körperhaltung und ein Lächeln im Gesicht heben die Stimmung, selbst wenn dieses Lächeln anfangs künstlich ist und gar nicht wirklich von innen kommt.

2. *Entspannung!* Kiefernmuskeln entspannen und tief atmen. Das reduziert Stress.

3. *Anderen eine Freude machen!* Das macht Menschen selbst glücklich.

4. *Ganz oft an eigene Erfolgserlebnisse denken!* Und ganz selten an eigene Pannen. Das bahnt im Gehirn die richtigen Wege.

5. *Mach es dir schön!* Höre Musik, die du magst, rieche einen Duft, den du liebst, koch dir was, schau dir schöne Bilder oder Fotos an oder geh an einen Ort, der dich glücklich macht.

an Erfolg denken
Lächeln
Kiefer entspannen
Geschenk für andere

Du willst wissen, auf welchen Typ ein Junge vermutlich steht? Ganz einfach: Schau ihn dir genau an. Gleich und gleich gesellt sich gern, das gilt auch fürs Aussehen. Studien zeigen, dass viele Menschen auch an ihrem Partner Merkmale schön finden, die sie selbst besitzen. Du findest deine Nase zu groß? Ein Junge, der selbst eine große Nase hat, findet sie vielleicht gerade richtig.

Was ziehe ich an, um aufzufallen?

Wissenschaftler raten Frauen, die Farbe Rot zu tragen. Angeblich beachten Männer eine Frau schon stärker, wenn sie nur vor einer roten Wand steht. Noch deutlicher war der Effekt, wenn die Frau ein rotes T-Shirt trug. Bei Frauen gibt es solche Vorlieben nicht.

Ich hab's verbockt ...

Als du deinen Traumprinzen zum ersten Mal sahst, warst du unfrisiert, trugst ein grünes T-Shirt, hattest schlechte Laune und einen riesigen Pickel auf der Nase? Kein Problem! Wenn du ihn noch einmal irgendwo wiedertriffst, hast du eine zweite Chance. Und dann eine dritte und eine vierte. Ein einmal getroffenes Urteil bleibt nicht ein Leben lang bestehen.

Liebe früher: Bis in alle Ewigkeit

Manche glauben, Liebe sei schöner, wenn man vom Schicksal füreinander bestimmt ist. Aber ist es rückblickend nicht egal, wo, wie und warum sich ein Paar zusammengetan hat? Ist es nicht viel wichtiger, wie es anschließend weitergeht mit der Liebe?

Wahre Liebe beginnt da, wo Romane und Geschichten normalerweise enden, das beweist eine der schönsten Liebesgeschichten der Welt. Der römische Dichter Ovid hat sie erzählt und sie handelt von einem Ehepaar namens Philemon und Baucis. Wie sich die beiden gefunden haben, wird in dieser Geschichte nicht thematisiert. Wir erfahren nur, dass sie in einer kleinen Dorfhütte lebten, sich innig liebten, ihre Armut gelassen hinnahmen und Seite an Seite alt und grau wurden. Als die Götter dem gastfreundlichen Paar einen Wunsch gewährten, mussten Philemon und Baucis nicht lange nachdenken. Sie äußerten die Bitte, keiner von ihnen möge je am Grab des anderen trauern und weinen müssen. Gemeinsam wollten sie irgendwann in Liebe vereint von der Welt scheiden.

Und so kam es. Bei einem Gang zum Brunnen bemerkte Baucis eines Tages, dass ihr Mann sich »belaubte«. Und im gleichen Moment sah Philemon, dass auch Baucis Äste und Blätter bekam. Die beiden verwandelten sich in Bäume und sprachen währenddessen miteinander, solange es möglich war. Danach neigten sie ihre Äste und raschelten sich mit den Blättern einen Gruß zu. Und so stehen sie noch heute da, irgendwo in einem griechischen Hain, er als Eiche, sie als Linde, ein Symbol für ewige Liebe.

← vor 35 000 Jahren

2000 v. Chr. 1500 v. Chr. 1000 v. Chr. 500 v. Chr.

etwa um Christi Geburt

heute →

Richtig flirten

Flirten, was ist das eigentlich? Manche halten einen Flirt für die Kunst, Liebesbriefchen mit den Augen zu verschicken. Andere bezeichnen Flirts als Spinnweben zwischen zwei Menschen, auf denen ein Sonnenstrahl tanzt. Und wieder andere behaupten, ein Flirt sei der Versuch, gleichzeitig Feuer zu entfachen und dieses Feuer wieder zu löschen. Das grenzt die Sache etwas ein, ist aber noch nicht sehr konkret.
Versuchen wir mal eine Definition über die Wortherkunft: Das Wort »Flirt« kommt aus dem Englischen, aber die Engländer haben es vermutlich von den Franzosen übernommen. Man nimmt an, dass »to flirt« von dem Begriff »conter fleurette« abgeleitet sein könnte, was ungefähr so viel heißt wie *»Blümchen erzählen«*. Und das passt eigentlich ganz gut als Umschreibung dessen, was man beim Flirten tut: Man überreicht jemandem im übertragenen Sinne Blümchen.

Reden ist hierfür nicht unbedingt nötig, mit den Augen geht das auch. Bei einem Flirt machen sich also zwei Menschen mit Worten, Gesten oder Blicken Komplimente. Man benötigt dazu gute Laune und eine gehörige Portion Selbstbewusstsein, Mut und das passende Flirtobjekt.
Das Ganze ist ein *Spiel.* Jede Liebe fängt mit einem Flirt an, aber nicht jeder Flirt führt zu einer Liebesbeziehung. Flirten heißt so viel wie: »Ich würde dich gern näher kennenlernen.« Mehr bedeutet es nicht.

Dieses spielerische Flirten ist allerdings gar nicht so leicht. Dabei kann einiges schiefgehen. Grob kann man die *Flirt-Katastrophen* in drei Gruppen einteilen:

A) Man wird angeflirtet, findet den Typ aber schrecklich und würde ihn/sie gern loswerden.

B) Man flirtet und er flirtet nicht zurück.

C) Man flirtet und er flirtet zurück. Man hofft auf mehr, aber plötzlich geht alles schief und aus der Sache wird nichts.

Alle Fälle sind unangenehm.
Beginnen wir mit Flirtkatastrophe A. Das ist ein echtes Luxusproblem. Genau genommen ist jeder Flirt ein Kompliment und wenn man ein Kompliment erhält, ist klar, wie man sich verhält. Höflich und freundlich. Aber man muss natürlich nicht mit jemandem flirten, den man nicht mag. Und das zeigt man am besten durch eigenes Verhalten. Man flirtet nicht zurück.
Und schon sind wir bei Flirtkatastrophe B. Nichts ist frustrierender, als wenn man ein wahres Flirtfeuerwerk auf das Objekt seiner Begierde abfeuert, aber kein einziger Funke überspringt. Da denkt man natürlich sofort: Okay, er mag mich nicht. Er flirtet nicht zurück. Das kann der Grund sein, muss aber nicht. Flirten ist eben auch ein Spiel und manchmal sind Menschen einfach nicht in Spielstimmung. Man selber nicht und andere auch nicht. Selbst wenn dieser Fall öfter mal vorkommt, ist das auch noch kein Grund zur Panik. Mal ehrlich: Wie oft findet man sich selbst schon so richtig gut? Wie oft strotzt man nur so vor Selbstbewusstsein und strahlt das auch aus? Und wie oft trifft man jemanden, den man toll findet und dem man das auch zeigen möchte?

Für einen gelungenen Flirt muss schon einiges zusammenkommen und das klappt eben oft nicht. Anderen geht es da auch nicht anders, die geben es nur nicht zu.
Wer allerdings selten oder nie Flirterfolge erzielt, sollte sein Flirtverhalten in einer ruhigen Minute einem Check unterziehen. Als Erfolg gilt hier übrigens schon das Zurückflirten des Zielobjekts. Wer nur feste Beziehungen als Erfolge feiert, sieht die Sache eindeutig zu eng. Jeder Flirt ein Treffer, eine solche Quote konnten in der Geschichte der Menschheit nur zwei aufweisen: Adam und Eva. Und auch das nur aus Mangel an Konkurrenz. Flirten so zu betrachten, das wäre, als würde man »Mensch ärgere dich nicht« oder »Monopoly« nur spielen, wenn man auch sicher weiß, dass man gewinnt. Und mal ehrlich: Dann kann man es auch gleich lassen. Der Reiz des Spiels liegt ja genau darin, auch verlieren zu können. Wie könnte man sich sonst über einen Sieg freuen?
Wer aber oft flirtet und dabei so gut wie nie auf Beachtung stößt, macht vielleicht doch etwas falsch. Jüngere Teenies neigen zu ganz typischen Flirtfehlern.

Und hier die Sache aus der anderen Perspektive.

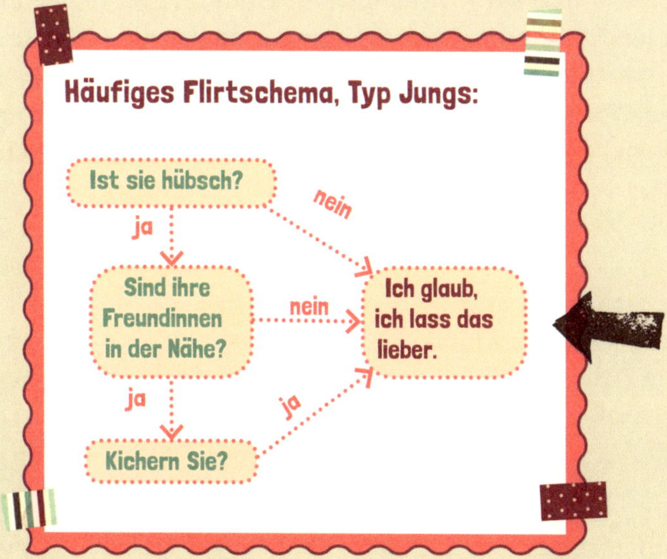

Die schematische Darstellung macht deutlich, was hier läuft, nämlich nichts! Die Gründe sind leicht erkennbar, wenn wir noch einmal zur Definition des Flirts zurückkehren: Bei einem Flirt sagen sich zwei Personen mit Worten, Gesten oder Blicken, dass sie sowohl sich selbst als auch ihr Gegenüber sexy finden.

Da steht eindeutig: zwei Personen. Zwei heißt zwei. Es gibt keinen Gruppenflirt. Natürlich kommt es manchmal auch innerhalb einer Gruppe zum Flirt, aber selbst dann flirten nur zwei Personen aus dieser Gruppe miteinander, die anderen werden in diesem Moment ausgeblendet. Laut kichernde Freundinnen lassen sich aber schlecht ausblenden. Wer immer im Pulk auftritt und dabei permanent giggelt oder kreischt, wirkt niemals interessant und sexy und er vermittelt seinem Gegenüber auch nicht dieses Gefühl, egal, welche Show er abzieht.

Den zweiten Grund, warum in dieser Konstellation flirtmäßig nichts laufen kann, finden wir ebenfalls in der Definition: Flirten funktioniert nur, wenn man irgendwie mit dem Flirtpartner in Kontakt tritt und ihm durch Augen, Gesten oder Worte eine Botschaft übermittelt. Wer aus Unsicherheit wegsieht oder gar weggeht, reduziert seine Flirtchancen auf null.

Und wie tritt man mit einem Flirtpartner in Kontakt? Hier eine Zusammenfassung der wichtigsten wissenschaftlichen Ergebnisse zu diesem Thema:

Wo flirtet man am erfolgreichsten?
Ganz einfach: da, wo man sich am wohlsten fühlt. Ein Discomuffel ist auf der Tanzfläche chancenlos und ein Wasserhasser im Pool auch. Statistisch gesehen lernen sich übrigens die meisten Paare im Freundeskreis, auf Privatpartys oder am Arbeitsplatz beziehungsweise in der Schule kennen.

Wann flirtet man am besten?
Wenn jemand ohnehin schon aus einem anderen Grund Herzklopfen hat, kann man ihn besonders leicht erobern. Das hat das sogenannte »Brückenexperiment« kanadischer Psychologen ergeben. Dazu bestellten die Wissenschaftler männliche »Versuchskaninchen« in einen Canyon und ließen sie dort über eine Brücke gehen. Die eine Gruppe musste eine wacklige Hängebrücke über einer tiefen Schlucht bezwingen, die anderen durften eine stabile Konstruktion überqueren. Jeweils auf halbem Weg begegnete den Testpersonen eine hübsche Mitarbeiterin mit einem Fragebogen, die sie in ein Gespräch verwickelte. Das Ergebnis: Die Hälfte der Männer auf der Hängebrücke verliebte sich

in die Frau. Auf der Holzbrücke funkte es nur bei 12 Prozent der Männer. Wissenschaftler nennen das Erregungstransfer. Wenn ein Mensch Stress hat und sein Adrenalinspiegel hoch ist, deutet er diese Erregung schnell als Verliebtheit. Das funktioniert aber nur, wenn von Anfang an Sympathie vorhanden ist. Mögen sich zwei Menschen auf den ersten Blick nicht, kann Stress auch die Abneigung verstärken. Besonders groß sind die Flirtchancen also überall da, wo man sowieso schon Herzklopfen hat: am Ausgang einer Geister- oder Achterbahn, im Flugzeug nach einer holprigen Landung, nach sportlichen Wettkämpfen und vielleicht sogar vor oder nach einer mündlichen Prüfung in der Schule.

Welche Fehler sollte man beim Flirten vermeiden?
Mehr oder weniger witzige Flirtsprüche! »Du bist so gut gebaut, ist dein Vater Architekt?« oder »Ich hab meine Telefonnummer verloren, krieg ich deine?« – bloß nicht! Das funktioniert nicht. Studien haben gezeigt: Nicht mal wirklich witzige Sprüche bringen beim Flirten einen Vorteil. Im besten Fall bringen sie keinen Nachteil. Man muss also nicht stundenlang darüber nachgrübeln, was man zu seinem Schwarm sagen könnte, falls er plötzlich vor einem steht. Stattdessen sollte man in diesem Moment lieber einen ganz normalen Satz sagen, der zur Situation passt und den man auch sagen könnte, wenn man gar nicht flirten wollte. »Wie spät ist es?«, »Von wem ist dieser Song?«, »Kann ich mal das Salz haben?« Damit macht man nie etwas falsch, man kann nur gewinnen. Wissenschaftler haben nämlich herausgefunden: Wichtiger als der Inhalt eines Satzes ist die Art, wie man ihn sagt.

Und wie sagt man einen ganz normalen Satz, wenn man flirten will?
Wissenschaftler raten: Mit offenem Blickkontakt. Beim Sprechen sollte man seinem Gegenüber lang in die Augen sehen.

Wie geht es danach weiter?
Studien haben gezeigt: Bloß nicht schweigen. Das wirkt ablehnend. Also: reden, reden, reden.

Worüber denn?

Regel Nummer eins: über Gemeinsamkeiten, am besten sogar über gemeinsame Abneigungen. Das verbindet. Ihr mögt beide denselben Film? Super. Aber wenn ihr beide denselben Film verabscheut, ist das noch besser.
Regel Nummer zwei: nicht selbst stundenlange Monologe halten, sondern dem anderen Fragen stellen und ihn damit zum Reden bringen. Dann hat er auf jeden Fall das Gefühl, sich bestens zu unterhalten.
Regel Nummer drei: ruhig durchblicken lassen, wer man wirklich ist und was man denkt. Offen und ehrlich sein. Aber nicht zu schnell zu privat werden.

Wie geht es weiter?

Richtige Liebe ist kein Spiel, aber Flirten hat durchaus einen spielerischen Charakter und lebt davon, dass der andere nicht genau weiß, woran er ist. Zeig ihm also ruhig, dass du ihn magst, dann mag er dich auch, weil du so einen guten Geschmack hast. Aber lass offen, wie sympathisch er dir wirklich ist. Studien haben ergeben: Wer dem anderen die eigenen Gefühle nicht gleich offen zeigt, erhöht seine Chancen auf ein zweites Date.

Und wie merke ich selbst in diesem Spiel, woran ich bin?

Psychologen lesen so etwas an der Körpersprache ab. Wenn er auf dich steht, wird er sich dir zuwenden und sich in seinen Bewegungen deinen Gesten anpassen. Lehnst du dich im Sitzen vor, tut er dasselbe. Lehnst du dich zurück und verschränkst die Arme hinterm Kopf, richtet er sich auch auf und räkelt sich vielleicht. Beobachte ihn ruhig genau. Du sollst ihn ja sowieso offen ansehen.

Was wissen Wissenschaftler sonst noch über die Körpersprache?
Sie haben zum Beispiel den Balztanz des menschlichen Männchens genauer erforscht, also herausgefunden, wie Jungs beim Tanzen am besten ankommen. Der optimale menschliche Balztanz sieht Studien zufolge so aus: ausladende Moves mit dem Oberkörper, die Hüfte nicht vergessen, und vor allem aufs rechte Knie achten! Bei YouTube kann man genau sehen, wie man's macht und auch wie Mann besser nicht tanzt. »Dance to win women« heißt dort die Filmsequenz, man findet sie auch in dem Beitrag »Welchen Tanzstil Frauen sexy finden (Northumbria University)«.

Und was ist mit Flirtkatastrophen?
Mit zunehmender Flirterfahrung lernt man, auf Anfängerfehler zu verzichten. Man wird geschickter. Aber dann kommt es oft zu einer anderen typischen Panne, zu Flirtkatastrophe C, und da unterscheiden sich Jungs und Mädchen nicht: Erst läuft alles bestens, ihr überreicht euch mit Worten, Gesten und Blicken ein wahres Blumenmeer. Du hoffst auf mehr, verliebst dich ein bisschen, aber plötzlich stimmt gar nichts mehr. Er zieht sich entweder komplett zurück oder es kommt sogar zum Streit. Was ist da schiefgelaufen?
Flirtexperten sagen: Vermutlich bist du an den falschen Typ geraten. An den falschen Flirt-Typ. Es gibt nämlich unterschiedliche Flirter und nicht alle peilen dasselbe Ziel an. Vielleicht hatte er einen One-Night-Stand im Sinn und du hattest schon Herzchen in den Augen. Oder du wolltest dich mit dem Flirt nur über den letzten Liebeskummer hinwegtrösten, aber für ihn war es mehr? Wenn dir so etwas öfter passiert, liegt das vielleicht daran, dass du die falschen Flirtsignale aussendest. Mach den großen Flirt-Test auf S. 168 im Buch, vielleicht siehst du dann klarer!

Liebe früher: Flirten wie die Wikinger

Flirten und Süßholz raspeln, das konnten auch die Nordmänner schon. Das wissen wir, weil im 9. Jahrhundert nach Christus auch im nordischen Raum ein alltagstaugliches Alphabet entstand, oder besser ein »Futhark«, denn die Buchstabenreihe begann nicht mit A wie Alpha und B wie Beta, sondern mit F, U, Th, A, R und K und wurde danach dann benannt. Nun ritzten auch die Wikinger und Normannen im kühlen Skandinavien heiße Liebesschwüre in Holz oder Knochen. »Denk du an mich, ich denk an dich. Liebe mich, ich liebe dich. Hab Erbarmen mit mir!« Das konnten schwedische Wissenschaftler zum Beispiel auf einem alten Weberschiffchen entziffern, das ein Verehrer einst einem angebeteten Mädchen als Geschenk überreichte, um ihr Herz zu erobern. Und in einem alten nordischen Gedicht heißt es:

»Schmeichelnd soll reden und
Geschenke bieten,
Wer des Mädchens Liebe will.
Den Liebreiz loben der
Leuchtenden Jungfrau,
So fängt sie der Freier.«

← vor 35 000 Jahren

2000 v. Chr. 1500 v. Chr. 1000 v. Chr. 500 v. Chr.

Diese Zeilen klingen so gar nicht nach den wilden Wikingern, die wir uns mit Hörnerhelmen, Zottelhaaren und Rauschebärten vorstellen. Zu denen würde es besser passen, ein Mädchen ihrer Wahl an den Zöpfen in ihr Drachenboot zu ziehen. Aber tatsächlich hatten die frühen Bewohner Skandinaviens nur wenig mit Hägar dem Schrecklichen oder Wickies starken Männern gemeinsam. Sie liebten Gedichte, kämmten sich regelmäßig, reinigten sich die Zähne und badeten jeden Samstag, was damals nicht überall auf der Welt üblich war. Und die Dame ihres Herzens umwarben sie charmant.

Fast klingt es, als hätten auch sie die alte Weisheit des Gilgamesch-Epos befolgt.

Übrigens: In Wahrheit trugen Wikinger an ihren Helmen nie Hörner, sie wären beim Kampf hinderlich gewesen.

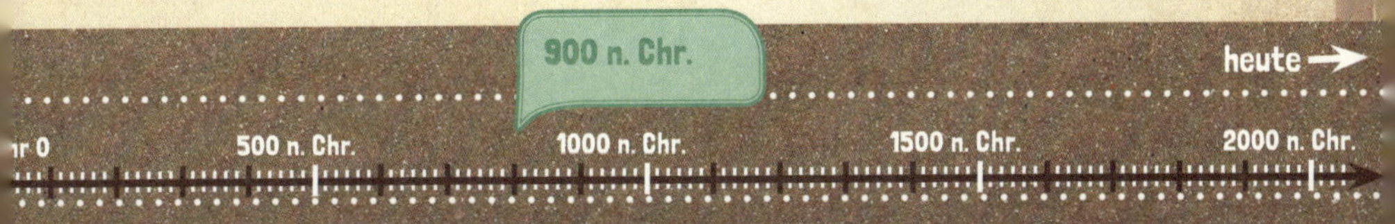

Verliebtheit und Liebe

Vor fast neunhundert Jahren ging es dem Ritter Dietmar von Aist schlecht. Er konnte nachts nicht schlafen, freute sich über gar nichts mehr und wollte am liebsten sterben. Der Grund: »Daz kumet von einer frouwen schöne, der ich gerne wäre liep.« Auf gut deutsch: Dietmar war total verliebt in ein hübsches Burgfräulein.
Die Symptome, unter denen Menschen bei *Verliebtheit* leiden, erinnern tatsächlich an eine lebensbedrohliche Krankheit: zitternde Finger, weiche Knie, Schlaflosigkeit, innere Unruhe, vermehrtes Schwitzen, Bauchkribbeln, Appetitlosigkeit, Herzrasen, Konzentrationsprobleme. Kein Wunder, dass Dietmar litt. Diese Leiden sind aber nur selten ein Fall für Arzt oder

Apotheker. Spätestens wenn die Verliebtheit auf Gegenliebe stößt, ist alles wieder gut.
Für die Verliebten. Für alle anderen nicht. Die müssen die Frischverliebten ertragen und das ist nicht immer leicht. Im besten Fall verfassen Liebende wie Dietmar Gedichte über ihr Leiden. Das ist heute aber eher selten. Die meisten Verliebten verhalten sich kopflos und wirr, reden von morgens bis abends nur von ihrem Schwarm, halten selbst seine dümmsten Sprüche für nobelpreisverdächtig, hören anderen nicht mehr zu, halten sich nicht an Verabredungen und tun im Alltag nicht mehr, was sie sollen. Und dabei merken sie nicht mal, wie merkwürdig sie sich benehmen.
Wissenschaftler wissen inzwischen einiges über diesen merkwürdigen Zustand und können viele Fragen beantworten.

Wie lange dauert so was?

Wenn man Frischverliebte von außen betrachtet, kommt einem der Traum von lebenslanger Liebe plötzlich wie ein Albtraum vor. Nicht auszudenken, wenn dieser Zustand jahrzehntelang anhielte!
Aber zum Glück tut er das nicht. Nach ein paar Wochen stabilisiert sich die Hormonlage meistens, nach ungefähr sechs Monaten kehrt der Verstand zurück und spätestens nach etwa ein bis drei Jahren ist der *Verliebtheitsrausch* garantiert vorbei.

Und dann?

Das heißt nicht, dass dann alle Gefühle weg sein müssen. Das kann zwar so sein, muss aber nicht. Jetzt kann aus dem Anfangsrausch auch echte Liebe werden.

War der Liebesrausch dann gar keine echte Liebe?

Ja und Nein. Er war eine Art Vorstufe. Psychologen unterscheiden zwei Liebeszustände: die vorübergehende Verliebtheit, in der Fachsprache »Limerenz« genannt, und die Liebe, die im Idealfall sogar ein Leben lang dauern kann.
Der Zustand der Verliebtheit ähnelt medizinisch betrachtet einer Art Drogenrausch und wenn sich zwei Verliebte gerade mal nicht in den Armen liegen, leiden sie an Entzugssymptomen. Das liegt an den Hormonen, die das Gehirn jetzt ausschüttet: am Glückshormon Dopamin, das die ganze Welt rosarot einfärbt, am plötzlichen Mangel des Hormons Serotonin, der zwanghafte Gedankenkreisel in Gang bringt, am Stresshormon Adrenalin und am Sexualhormon Testosteron, die die Leidenschaft entfachen, sowie am Kuschelhormon Oxytocin, das jede Trennung schmerzhaft macht. Liebe ist zwar kein rein hormongesteuertes Gefühl, aber Verliebtheit

hat schon sehr viel mehr mit Hormonen zu tun (vgl. dazu auch das Kapitel »Was ist Liebe«).
Liebe ist ein tieferes, ruhigeres, umfassenderes Gefühl. Ehrlichkeit, Vertrauen, Nähe, jemanden so nehmen, wie er ist, das wird erst für Liebende wichtig.
Verliebte haben nur Augen für den Partner und nehmen sonst nicht viel von ihrer Umgebung wahr. Den Unterschied zur Liebe formulierte der Schriftsteller Antoine de Saint-Exupéry so: »Die Erfahrung lehrt uns, dass Liebe nicht darin besteht, dass man einander ansieht, sondern dass man gemeinsam in die gleiche Richtung blickt.« Das ist ein beliebter Trauspruch bei Hochzeiten.

Ist man nach dem ersten Rausch nicht mehr verliebt?

Doch. Im Kernspintomografen leuchten bei glücklichen Paaren auch nach vielen Jahren im Gehirn noch dieselben »Verliebtheitsregionen« auf wie bei Frischverliebten, wenn man den Testpersonen Bilder ihres Partners zeigt. Aber das ist bei ihnen dann kein Dauerzustand mehr, der alles andere im Leben beherrscht, so wie in der Phase der Verliebtheit. Außerdem leuchten bei »Langzeitverliebten« gleichzeitig weitere Hirnregionen auf, die sonst bei freundschaftlichen Verbindungen aktiv sind.

Durch was wird Verliebtheit ausgelöst?

Wenn man das wüsste! Bis jetzt haben Wissenschaftler noch keine Antwort auf diese Frage gefunden. Da gibt es nämlich ein Problem. Wenn zum Beispiel ein paarungsbereiter Hirschkäfer auf eine ebenso paarungsbereite Hirschkäferdame trifft und die beiden nach Hirschkäferart erfolgreich balzen, dann funkt es danach immer. Sie paaren sich, wenn niemand sie daran hindert. Beim Menschen ist das anders. Da kann es genauso gut sein, dass die beiden auseinandergehen und sich nie wiedersehen. Einfach weil es nicht zwischen ihnen funkt.

Aber wovon hängt das ab? Was zündet den Funken? Allein an den Hormonen liegt es nicht, am Körpergeruch auch nicht, und selbst wenn man wie beim Brückenexperiment mit ein bisschen künstlich erzeugtem Herzklopfen nachhilft, springt der Funke nicht zwangsläufig über. Warum, das können oft nicht einmal die Betroffenen selbst begründen. Wer das erforschen kann, hat noch Aussichten auf den Nobelpreis.

Und wann funkt es? Wie lang dauert die menschliche Balz?

Auch hier verhalten sich Menschen weniger eindeutig als Hirschkäfer. Manchmal verlieben sie sich schon nach dreißig Sekunden, dann spricht man von Liebe auf den ersten Blick. Und manchmal kennen sich Menschen jahrelang, sogar jahrzehntelang, bevor es funkt.
Studien haben übrigens gezeigt, dass Beziehungen von Paaren, die sich vorm Verlieben schon lange kannten, später harmonischer verlaufen. Meistens haben Partner dann nämlich mehr Gemeinsamkeiten. Glücklicher sind solche Beziehungen aber statistisch betrachtet nicht. Auch die romantische Erinnerung an die Liebe auf den ersten Blick kann Paare noch Jahrzehnte später fest zusammenschweißen. Das größte Problem bei der Liebe auf den ersten Blick ist also nicht ihre Dauer, sondern ihr Zustandekommen: Oft liebt nur einer auf den ersten Blick. Und wenn der andere nicht nachzieht, wird daraus keine Beziehung.

Was weiß man über die Verliebtheitsphase?

Wissenschaftler haben festgestellt, dass der Blick von Verliebten tatsächlich durch die sprichwörtliche rosarote Brille getrübt ist. Verliebte sind nicht in der Lage, irgendetwas an ihrem Partner negativ zu finden. Sie können es nicht, sie haben einfach zu viele Glückshormone im Blut. Er kommt dauernd zu spät? Na und, das ist doch süß. Sie unterbricht ihn ständig? Toll, sie ist so ein spontaner Mensch. Verliebte sind aber nicht nur blind für die Fehler ihres Partners, sie nehmen auch die Schönheit anderer Menschen kaum mehr wahr.

Sie sind außerdem in allen Lebenslagen risikobereiter und arbeiten weniger gründlich als Nichtverliebte.

Sollte man also seinen Verliebtheitsgefühlen misstrauen?

Nein, man sollte sie genießen. Aber man sollte dafür sorgen, dass man auch für andere Menschen noch genießbar ist. Und man sollte in dieser Zeit keine Entscheidungen fürs Leben treffen.

Notizen:

Liebe früher: Als Liebe noch Minne hieß

Im Mittelalter gab es noch keine Liebe. Oder besser, es gab das Wort noch nicht. Damals hieß dieses Gefühl nämlich »Minne«.

Wie heute gab es unterschiedliche Sorten von Minne und eine davon kennen wir heute gar nicht mehr. Sie hieß »Hohe Minne« oder »Minnedienst« und war kein Gefühl, sondern eher ein Gesellschaftsspiel, das man an Königs- und Fürstenhöfen spielte. Dabei übernahmen Ritter quasi den Job, eine feine Dame anzuhimmeln, egal ob diese Frau verheiratet war oder nicht. Um Sex oder Küsse ging es den Rittern dabei nicht und sie wollten auch nicht zurückgeliebt werden. Sie waren eher »Berufsverliebte«, traten in Turnierkämpfen für ihre Angebetete an, priesen ihre Schönheit in Reimen und Liedern und schmachteten sie an, manchmal ein Leben lang. Das Ganze war reine Show. Die Jungs wollten mit ihrem Dienst und ihren Liedern eigentlich gar nicht den Damen gefallen, sie wollten beim Fürsten oder beim König punkten und damit Ansehen und Preise gewinnen. Vielleicht kann man es so sehen, dass dieser Minnesang eine Art Vorläufer von Shows wie »DSDS« oder »The Voice« war.

Es kann natürlich sein, dass die adligen Fräulein von dem ganzen Geschmachte um sie herum oft genervt waren und gern mal etwas anderes erlebt hätten. Richtige Liebe zum Beispiel.

um 1100 n. Chr.

heute →

r 0 | 500 n. Chr. | 1000 n. Chr. | 1500 n. Chr. | 2000 n. Chr.

Let's talk about Sex!

Es gibt beim Thema Sex und Fortpflanzung im Tierreich fast nichts, was es nicht gibt. Winzige, einzellige Amöben zum Beispiel vermehren sich durch Teilung, frei nach dem Motto »aus eins mach zwei«. Schnecken sind Zwitter, das heißt Männchen und Weibchen zugleich. Einige Tiere wechseln im Laufe ihres Lebens das Geschlecht, Clownfische zum Beispiel. Stirbt in einem Fischschwarm das einzige Männchen, wird das größte Weibchen zum neuen Männchen. Bei Krokodilen hängt das Geschlecht der Jungtiere von der Temperatur der Eier ab. Bis 30 Grad schlüpfen nur Weibchen, ab 34 Grad nur Männchen, bei Temperaturen im Zwischenbereich kommen beide Geschlechter vor. Manche Insekten haben gar kein Geschlecht und bei einigen Ameisenarten gibt es drei Geschlechter. Es gibt im Tierreich sogar Weibchen, die sich ganz ohne Männchen fortpflanzen können, Komodowarane, Geckos, Kopfläuse oder auch Schaufelnasen-Hammerhaie. Und es gibt Arten, bei denen die Männchen die Jungtiere austragen, gebären und aufziehen, Seepferdchen zum Beispiel tun das.

Aber was weiß die Wissenschaft über das Sexleben der Menschen? Wie tut's der Homo sapiens? Wie oft? Mit wem? Wann? Auf welche Weise?
Seit etwa hundert Jahren untersuchen Wissenschaftler nun schon das Sexleben der Menschen »unter Laborbedingungen« und die körperlichen Details sind inzwischen gut erforscht. Aber über das typisch menschliche Fortpflanzungsverhalten weiß man noch immer wenig. Es gibt da nämlich ein Problem bei der Erforschung des Homo sapiens: Er hält sich beim Sex an keine Regeln. Jeder Mensch tut »es« anders. Werfen wir nur zum Vergleich noch einmal einen Blick auf die Hirschkäfer. Sie paaren sich jedes Jahr zwischen Mai und August. An warmen Sommerabenden schwärmen sie aus, suchen sich alte Eichen und treffen sich dort an Stellen, wo vergorener Baumsaft durch die Rinde tritt. Die Männchen bekämpfen sich mit ihren Geweihen und schubsen sich gegenseitig vom Baum. Nach dem Balzkampf umwirbt dann der »Platzhirschkäfer« ein Weibchen, die beiden nippen gemeinsam am Baumsaft, geraten in einen Rauschzustand

und paaren sich anschließend. Drei Tage lang. Ohne Pause. Grundsätzlich gilt: Hirschkäfer ist Hirschkäfer und pflanzt sich nach Hirschkäferart fort.
Beim Menschen ist das anders, auch wenn es auf den ersten Blick durchaus einige Parallelen zwischen Hirsckäfer und Homo sapiens gibt. Auch Menschen kann man an lauen Sommerabenden beim Ausschwärmen beobachten. Sie treffen sich ebenfalls gern an Stellen, wo es vergorene Pflanzensäfte gibt. Viele berauschen sich nach Hirschkäferart und paaren sich anschließend. Sie tun das zwar selten drei Tage lang, aber im Großen und Ganzen ähnelt sich das Verhalten von Käfer und Mensch manchmal schon ein bisschen. Aber eben nur manchmal. Menschen paaren sich nicht nur im Sommer, sondern auch im Winter. Sie schwärmen vorher auch nicht immer aus, sondern machen es sich auch gern mal auf dem Sofa gemütlich. Und sie sind dabei nur selten berauscht. Für Hirschkäfer gibt es außerdem nur einen einzigen Grund für Sex: Fortpflanzung. Menschen sind da anders. Psychologen aus Texas haben für eine Studie rund 400 Personen nach ihren Gründen für Sex befragt und die Testpersonen nannten 237 verschiedene! Auf Platz eins landete: »Ich fühlte mich zu ihm oder zu ihr hingezogen.«
Auf Platz zwei stand das körperliche Vergnügen. Und die Liebe? Die kam erst an fünfter Stelle. Aber auch folgende Gründe wurden genannt, wenn auch nur selten: »Ich wollte meine Kopfschmerzen loswerden«, »Ich wollte eine Gehaltserhöhung«, »Ich wollte mich selbst bestrafen« und »Ich wollte Gott näher sein«. Es ist ausgeschlossen, dass

Hirschkäfer ähnliche Überlegungen anstellen.
Nun ist ein Hirschkäfer biologisch gesehen natürlich ziemlich weit entfernt vom Homo sapiens. Aber nicht einmal Tiere, die näher mit uns verwandt sind, haben in ihrem Fortpflanzungsverhalten deutlich erkennbare Gemeinsamkeiten mit uns Menschen. Bei den Gorillas lebt ein Männchen mit bis zu zwanzig Weibchen zusammen. Das ist bei Menschen eher selten. Orang Utans sind dagegen Einzelgänger, Männchen und Weibchen treffen sich nur für den Sex. Aber auch das ist kein typisch menschliches Verhalten. Bonobos leben in großen Gruppen und jeder tut's mit jedem, oft und gern. Sie kennen zwar vermutlich, ähnlich wie die Menschen, viele verschiedene Gründe für Sex, das ist eine Parallele zu uns. Aber ein so aktives Sexleben wie das der Bonobos ist für Menschen doch eher untypisch. Die flauschigen Gibbons leben zwar wie viele Menschen zu zweit zusammen, gründen Familien und bleiben ein Leben lang zusammen. Aber ausgerechnet diese Affen sind unter den Menschenaffen genetisch am weitesten von uns entfernt.
Ein Blick ins *Tierreich* offenbart also nicht viele Gemeinsamkeiten. Dafür gibt es beim Thema Fortpflanzung eine auffällige Besonderheit des Homo sapiens: Der Mensch ist das einzige Tier, das meistens sehr genau darauf achtet, beim Sex keine Artgenossen als Zuschauer zu haben.
Woran liegt es, dass wir Menschen uns beim Paarungsverhalten so unterschiedlich verhalten? Es scheint, als wäre nur ein kleiner Teil der menschlichen »Triebe« von der Natur festgelegt. Anscheinend sind auch die kulturellen Einflüsse wichtig, also die ganz persönlichen Erfahrungen, die Erziehung und die Gesellschaft, in der ein Mensch aufwächst.

Wenn man mit älteren Menschen über Liebe und Sex spricht, hört man oft den Satz: *»Früher war alles anders.«* Verliebt, verlobt, verheiratet. Dann Sex. Und dann die Kinder. Das war angeblich die übliche Reihenfolge in Sachen Liebe. Und weil alles so schön geregelt war, hatten Menschen damals, wie gern behauptet wird, viele Probleme nicht, unter denen wir heute leiden. Ehen waren haltbarer, Familien harmonischer und die Menschen glücklicher. Nicht, weil sie dauernd im siebten Himmel schwebten, sondern, weil Liebe und Sex nicht so im Vordergrund standen wie heute. Man war zufrieden mit dem, was man hatte, und rannte nicht dauernd dem vermeintlichem Glück hinterher. Das klingt, als sei menschlicher Sex tatsächlich stark von der Kultur bestimmt, in der Menschen leben.

Aber stimmt das denn? War früher wirklich alles anders? Und wenn ja, wann war dieses »früher«?

Ein Blick in die Geschichtsbücher zeigt: Die glückliche Zeit, von der manche schwärmen, muss lange her sein, sehr lange. Man findet sie nämlich nicht. Egal wo man sucht, überall in früheren Jahrzehnten entdeckt man genau wie heute alle Arten von Liebe und Sex. Uneheliche Kinder, Seitensprünge und Sexskandale, Liebesglück und Liebesleid, wohin man nur sieht. Caesar hatte was mit Kleopatra und die hatte außerdem eine Affäre mit Marcus Antonius. Kaiser Karl V. schwängerte 1546 die 19-jährige Bürgerstochter Barbara Blomberg. Papst (!) Alexander VI. (um 1431-1503) hatte mindestens neun uneheliche Kinder. Giacomo Casanova (1725-1798) beschrieb in seinen Memoiren etwa hundertzwanzig selbst erlebte Sexgeschichten. Kaiserin Sisi hatte vermutlich was mit Graf Andrássy, und Kronprinzessin Luise von Sachsen verließ Mann und Kinder mit dem Hauslehrer ihrer Nachkommen. 1891 vergnügten sich Mitglieder des deutschen Kaiserhauses bei Sexorgien in einem Jagdschloss im Grunewald. Und die Zahl unehelicher Kinder lag in einigen Regionen Deutschlands und Österreichs im 18. und 19. Jahrhundert bei über 50 Prozent. Jedes zweite Kind stammte dort also aus einer unehelichen Verbindung.

Diese Liste könnte man beliebig verlängern und sie beweist: Früher war garantiert nicht alles anders. Nur unser Umgang mit dem Thema hat sich geändert, wir sind offener und ehrlicher und verheimlichen weniger als Menschen noch vor fünfzig Jahren. Also scheint es beim Thema Sex doch auch eine »Natur« des Menschen zu geben, die sich irgendwann immer durchsetzt.

Ja, was denn nun? Natur oder Kultur? Beides? Keins von beidem?
Genau wie die Liebe ist Sex vermutlich ein hochkomplizierter Mix aus ererbtem und erlerntem Verhalten sowie aus eigener Persönlichkeit. Immer kommen Wissenschaftler am Schluss ihrer Studien zu dem Ergebnis: Das eigentliche Geschlechtsorgan des Menschen ist das Gehirn. Auch beim Sex werden Menschen von ihren Gedanken mitbeherrscht. Und diese Gedanken sind nur schwer zu erforschen.
Jeder Mensch muss also wohl selbst herausfinden, wann, wo und wie viel Sex er haben möchte. Auch auf die Frage, ob Liebe und Sex zusammengehören, gibt es keine allgemeingültige, wissenschaftlich fundierte Antwort. Da kann und darf jeder selbstbewusst eigene Theorien verbreiten.

Liebe früher:
Sex im Mittelalter – Abaelard und Heloisa

Früher waren die Menschen keusch, sittsam und fromm? Von wegen! Die Geschichte von Abaelard und Heloisa erweckt einen anderen Eindruck.

Peter Abaelard war der Sohn eines französischen Ritters. Er hatte keine Lust, wie andere Ritter bei Hofe zu dienen, widmete sein Leben stattdessen der Philosophie und wurde Professor in Paris. Um 1117 bot er einem adligen Mädchen Hausunterricht an, der 17-jährigen, klugen und schönen Heloisa.

Heloisas sittenstrenger und geiziger Onkel Fulbert war zuerst ein bisschen überrascht, als der berühmte Denker für den Unterricht nicht einmal Bezahlung verlangte. Aber dann war er hocherfreut über die Kostenersparnis und willigte ein. Was der Onkel allerdings nicht wusste: Seinen Lohn erhielt Peter Abaelard auf anderem Wege. Heloisa hatte sich nämlich in ihn verliebt und er sich in sie. »Da war denn freilich über dem offenen Buche mehr von Liebe die Rede als von Wissenschaft, da gab es mehr Küsse als weise Sprüche. Nur allzu oft verirrte sich die Hand von den Büchern weg zu ihrem Busen, und eifriger als in den Schriften lasen wir eins in des andern Augen«, so schrieb Abaelard später.

In der Abgeschiedenheit des Studierzimmers verbrachten die beiden romantische und leidenschaftliche Stunden, bis Onkel Fulbert irgendwann misstrauisch und Heloisa schwanger wurde. Die Sache flog auf und der fromme Onkel raste vor Wut. Er ließ sich erst besänftigen, als Peter Abaelard versprach, die schöne Heloisa zu heiraten.

Sie selbst legte darauf keinen Wert. Sie wollte nämlich keinen

Ehemann, keine Windeln und keinen Haushalt. Sie wollte Romantik, Liebe und Leidenschaft. Und ein Kind konnte man damals auch gegen Bezahlung von anderen Menschen aufziehen lassen. Doch Onkel Fulbert war unerbittlich und die beiden heirateten.

Als Heloisa aber ihren kleinen Sohn kurz nach der Geburt bei Verwandten zurückließ und in ein Kloster zog, platzte dem Onkel endgültig der Kragen. Er glaubte, Abaelard wolle sich doch noch um seine Pflichten als Ehemann drücken, und ließ ihn eines Nachts von bezahlten Übeltätern grausam entmannen. »Sie beraubten mich dessen, womit ich begangen hatte, worüber sie klagten«, schrieb der Philosoph später in einem Brief.

Das war's dann mit der Liebe, zumindest mit der körperlichen. Die beiden beschlossen, sich zu trennen, obwohl die tiefe Seelenverbundenheit zwischen ihnen bestehen blieb. Abaelard wurde Mönch und Heloisa Nonne, natürlich in unterschiedlichen Klöstern. Sie schrieben sich nun ein Leben lang Briefe und trösteten sich mit der Hoffnung auf ein Wiedersehen im Jenseits. Als Abaelard starb, sorgte Heloisa für eine Beerdigung auf dem Friedhof ihres Klosters. Außerdem verfügte sie, dass sie nach ihrem Tod neben ihm bestattet werden sollte. Tatsächlich konnte sie ihren Willen durchsetzen. Im Grab war das Paar also endlich wieder vereint.

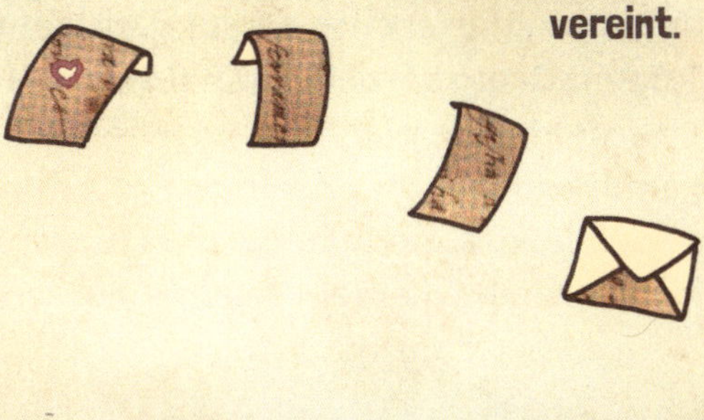

Was der Liebe Würze gibt

»Bohre Löcher in die Muskatnuss und trage sie einige Tage unter der Achselhöhle. Zermahle die Nuss und reiche sie dann dem Angebeteten in einem Getränk. Er wird dich lieben müssen.«

Diesen Tipp gaben kräuterkundige Frauen im 16. Jahrhundert an Mädchen weiter, die ihren Schwarm mit einem Liebestrank erobern wollten. Die damals überaus seltene und kostbare Frucht des Muskatnussbaums galt nämlich als liebesförderndes Gewürz. Wer dieses Pulver einnahm, entflammte angeblich sofort lichterloh in leidenschaftlicher Liebe. Damit diese Liebe aber nicht auf irgendein x-beliebiges Mädchen fiel, das zufälligerweise genau in diesem Moment in die Nähe geriet, sollte frau die Nuss ein paar Tage lang unter der Achselhöhle tragen und ihr so eine persönliche Note geben.

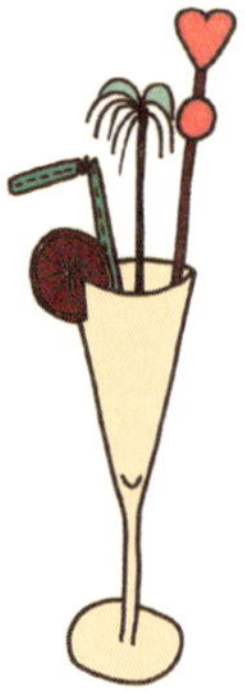

Lecker: achselschweißgetränkte *Muskatnuss* im Drink. Dieses Liebestrank-Rezept klingt aber geradezu harmlos im Vergleich zu dem Gebräu, das im 17. Jahrhundert die adlige Magdalena Sibylla von Neitschütz für ihren Lover, den sächsischen Kurfürsten Johann Georg IV., zusammengemixt haben soll. Auch die schöne Sibylla verwendete eine Muskatnuss. Aber bevor sie sie pulverisierte und dem Kurfürsten in einem Trank servierte, schluckte sie die Nuss dreimal und schied sie ebenso oft auf natürlichem Wege wieder aus. Johann Georg verfiel ihr daraufhin mit Haut und Haaren. Trotzdem, bitte nicht nachmachen! Muskatnüsse sind nämlich größer als Haselnüsse und wenn man sie am Stück verschluckt, kann man daran ersticken. Größere Mengen Muskat sind außerdem gesundheitsschädlich. Wenn die Nuss

verdaut wird und nicht wieder zum Vorschein kommt, kann das unangenehme bis tödliche Folgen haben. Und überhaupt: Sollte das Objekt der Begierde je erfahren, was es da getrunken hat, ist es garantiert für immer aus und vorbei mit der Liebe.
Selbst wenn wider Erwarten alles gut gehen sollte, erreicht man mit einem solchen Trank garantiert nichts. Denn es gibt keine wirksamen Liebestränke. Woraus wir schlussfolgern können, dass die Sache mit Sibylla und dem Kurfürsten auch ohne Zauberei geklappt hätte.

APHRODISIAKA

Die Sache mit der Muskatnuss ist dennoch nicht ganz aus der Luft gegriffen. Es gibt Substanzen, die zwar nicht die Liebe, aber immerhin die sexuelle Lust fördern. Und die kann man tatsächlich jemandem in ein Getränk mixen. Man nennt sie Aphrodisiaka (in der Einzahl Aphrodisiakum). Das Wort geht auf den Namen der griechischen Liebesgöttin Aphrodite zurück.
Früher war die Liste der Substanzen lang, denen man eine erotisierende Wirkung zuschrieb. Pikante Gewürze gehörten dazu, weil sie angeblich »scharfmachten«, außerdem Lebensmittel, die

in Form und Aussehen auch nur entfernt erotische Phantasien wecken konnten, zum Beispiel Spargel, Bananen und Austern. Das Horn des Nashorns zählte aus demselben Grund zu den Aphrodisiaka und in China galten sogar Nacktschnecken als potenzfördernd.
Heute weiß man, dass die meisten Dinge aus Küche und Kühlschrank keine Wirkung auf die Leidenschaft haben. Zwei Kochzutaten haben allerdings wirklich Auswirkungen auf den menschlichen Sexualtrieb, das hat eine Studie an der kanadischen University of Guelph bewiesen: *Safran* und *Ginseng*. Sie geben dem Liebesleben tatsächlich eine ganz besondere Würze. Frauen geraten außerdem oft durch den Genuss von Schokolade in Stimmung, aber man weiß noch nicht, woran das liegt. Versuchen kann man es auch mit Nelken, Knoblauch, Ingwer und Muskat. Diese Gewürze konnten ihre Wirksamkeit immerhin im Tierversuch beweisen. Die Muskatnuss wurde dabei aber vorher weder unter der Achsel getragen noch verschluckt.
Kann man also mit den richtigen Zutaten eine Mahlzeit kochen, die das Blut so richtig in Wallung bringt?
Eher nicht. In den Studien nahmen die menschlichen und tierischen Versuchskaninchen die Gewürze stets über mehrere Tage und Wochen hinweg ein.

Trotzdem: Gemeinsames Kochen kann ganz schön romantisch und auch erotisch sein. Deswegen findest du ab S. 180 dieses Buches ein paar Rezepte für ein heißes *»Dinner for Two«*. Schließlich ist die Küche meistens einer der kleinsten Räume im Haus und beim Schnippeln und Rühren kommt man sich fast zwangsläufig ziemlich nah. Abschmecken, naschen, leckere Düfte einatmen – Kochen ist ein Fest für alle Sinne. Und als Abschluss ein gemeinsames Dinner im Kerzenschein, das ist perfekt für einen romantischen Abend.

Wenn man dann noch besondere Zutaten verwendet, um der Stimmung ein bisschen Würze zu verleihen, nützt das vielleicht nichts, aber es schadet auch nicht. Ein paar wichtige Zutaten solltest du dafür genauer kennen.

Kleine Gewürzkunde

Safran zählt zu den teuersten Gewürzen der Welt. Man stellt ihn aus den Stempelfäden von Safran-Krokussen her, die in südlichen Ländern wachsen. Um 1 Kilo zu gewinnen, benötigt man rund 200 000 Blüten. Safran färbt Speisen gelb, daher auch die Liedzeile »Safran macht den Kuchen gel« aus dem Lied »Backe, backe, Kuchen«. Man sollte Safran sparsam verwenden, in höherer Dosis (ab 5 Gramm) kann er tödlich sein. Kinder und Schwangere sollten dieses Gewürz nicht essen. 0,5 Gramm echter Safran kostet zwischen sechs und acht Euro. Man sollte Safran auch aus Geschmacksgründen sparsam dosieren, er schmeckt nämlich bitter.

Ginseng ist die Wurzel einer Pflanze aus Asien, die in der chinesischen Medizin als stärkendes Mittel gegen Müdigkeit und Erschöpfung gilt. Angeblich fördert Ginseng auch die Leistungsfähigkeit des Gehirns. Es gibt weißen und roten Ginseng. Die Farbe hängt davon ab, wie die Wurzeln verarbeitet wurden. Weißer Ginseng schmeckt leicht bitter, roter Ginseng intensiver und ein bisschen seifig. Ginseng hat kaum Nebenwirkungen. Vor Operationen sollte man aber keine größeren Mengen einnehmen, da er die Blutgerinnung verändern kann.

Ingwer ist ebenfalls eine Wurzel, sie gedeiht in den Tropen und Subtropen. Ihr Geschmack ist scharf und würzig. Ingwer kann Bakterien abtöten, wirkt entzündungshemmend und hilft gegen Übelkeit. Schwangere sollten allerdings keinen Ingwer einnehmen. Das Gewürz passt zu Suppen und Geflügel, eignet sich aber auch für die Zubereitung von Tee.

Muskatnüsse wachsen in Afrika, Asien und Südamerika auf riesigen Bäumen. Ähnlich wie Walnüsse stecken sie in einem grünen Samenmantel, der aufspringt, wenn die Frucht reif ist. Beim Kochen verwendet man geriebene Muskatnuss, sie passt gut zu Kartoffelgerichten, Suppen und Eintöpfen. Muskatnuss ist nur in kleinen Mengen bekömmlich, in größeren kann sie schwere Vergiftungserscheinungen hervorrufen. Deswegen sollte man auf keinen Fall eine ganze Nuss schlucken wie einst die schöne Sibylla von Neitschütz.

Knoblauch kennt jeder, so verbreitet ist diese Heil- und Gewürzpflanze auf der ganzen Welt. Schon die alten Ägypter ernährten ihre Arbeiter beim Pyramidenbau mit Knoblauch, damit sie bei guter Gesundheit blieben. Knoblauch sollte man für ein Liebesmahl nur verwenden, wenn garantiert beide davon essen. Wer nämlich selbst keinen Knoblauch gegessen hat, den stört beim anderen der Geruch. Und gegen den ist noch immer kein Kraut gewachsen. Ingwer zumindest soll ein bisschen gegen Knoblauchatem helfen.

Nelken sind nicht die Blüten der Pflanzen, die wir aus Blumenvasen kennen, sondern die Knospen des Gewürznelkenbaums. Sie schmecken sehr würzig und intensiv, deswegen sollte man sie sparsam dosieren.

Schokolode macht viele Menschen glücklich und lässt sie dahinschmelzen. Woran das liegt, ist bisher nicht bekannt.

Übrigens, auch zum Thema »Liebe geht durch den Magen« existieren wissenschaftliche Studien:

Kochende Couch-Potatoes

Wenn ihr eine langjährige Beziehung anstrebt, solltet ihr nicht allzu oft miteinander kochen, das hat eine amerikanische Studie gezeigt. Die Wissenschaftler teilten Ehepaare in zwei Gruppen ein: Die einen sollten für Action sorgen und jede Woche etwas zusammen unternehmen, Ski fahren, zum Tanzen gehen, ein neues Hobby ausprobieren, ein Konzert besuchen. Die anderen sollten es sich gemütlich machen, Freunde besuchen oder kochen. Zehn Wochen später waren die unternehmungslustigen Paare zufriedener als vorher, bei den Kuschelpaaren hatte sich nichts geändert. Der gemeinsam erlebte Kick erhält die Liebe anscheinend besser als die kuschlige Zweisamkeit.

Dinner for Four

Eine Ausnahme von dieser Regel gibt es, das zeigte eine weitere Studie: Wer zusammen mit einem anderen Pärchen kocht und speist, kann seine eigene Beziehung verbessern. Freundschaften zu anderen Paaren sorgen für gemeinsame Verbundenheit.

Geschmack

Wenn ihr so richtig verliebt seid, ist der Geschmack des Essens gar nicht so wichtig. Tests am Sensoriklabor des Technologie-Transfer-Zentrums Bremerhaven haben ergeben, dass frisch Verliebte viel weniger schmecken als Pärchen in langjährigen Beziehungen.

Liebe früher: Der Duft von Vanille

Als der Aztekenkönig Moctezuma im Jahr 1519 den Spanier Hernán Cortés in seinem Palast empfing, servierte er ihm ein besonderes Getränk. Es hieß Xocólatl und bestand aus Wasser, Kakao, Pfeffer, Vanille, Maismehl und etwas Salz. Moctezuma trank angeblich täglich fünfzig Tassen davon. Besonders schmackhaft war das herbe Gebräu nicht, aber Cortés war beeindruckt von seiner Wirkung: Ein Becher reichte aus, um einen Soldaten einen Tag lang hellwach zu halten. Die Azteken versicherten ihm, das Getränk könne außerdem die Angst besiegen, die Stimmung aufhellen und die Leidenschaft fördern. Die aztekischen Frauen parfümierten sogar ihre Haut und ihre Haare mit einem Inhaltsstoff von Xocólatl, um verführerisch zu riechen: mit Vanille. Der Ruf dieses Gewürzes, das aus einer Orchideenart hergestellt wurde, verbreitete sich bald und die Vanille eroberte die ganze Welt.

Heute weiß man, dass der Duftstoff von Vanille, das Vanillin, tatsächlich chemisch eng mit tierischen Sexuallockstoffen verwandt ist. Männliche Wanzen zum Beispiel locken ihre Weibchen mit Vanille-Duft. Ob das auch bei Menschen funktioniert, ist noch nicht abschließend geklärt. Vanille gilt aber dennoch als Hausmittel gegen Impotenz.

Trotz der möglicherweise luststeigernden Wirkung der Vanille wird das Wort »Vanilla« manchmal als anderer Ausdruck für »Blümchensex« verwendet, steht also für langweiligen Sex. Vanilleeis ist nämlich weltweit die beliebteste Eissorte. Jeder mag sie, aber Vanilleeis ist deswegen eben auch für niemanden etwas Besonderes.

1519 n. Chr.
heute
hr 0
500 n. Chr.
1000 n. Chr.
1500 n. Chr.
2000 n. Chr.

Liebe wissenschaftlich – wenn's ernst wird

Romane und Filme enden immer mit dem Happy End. Im wahren Leben aber fangen Liebesgeschichten danach erst richtig an. Und manchmal gibt es dann auch Probleme. Wer verliebt ist, schwebt leider nicht ständig auf rosaroten Wölkchen. Da sind vielleicht plötzlich ganz viele Fragen und manchmal tut Liebe sogar richtig weh.

Wenn Herzen schmerzen – Liebeskummer

Es ist aus.
Drei Wörter.
Ein einziger Satz.
Geschrieben oder gesprochen.
Und nichts ist mehr wie zuvor.
Aaaaaaaaaaaaaaaaaaaaaaaaaaaaaaaaaaaaaaaaaaaaaaaaaah!
So muss sich ein Luftballon fühlen, wenn er platzt. Eben noch war das Leben rund und prall und federleicht. Und dann: peng! Zurück bleibt ein schlaffes Nichts, zu nichts zu gebrauchen.
Wie können drei kleine Wörter die Welt so komplett verändern? Wie können sie im Bruchteil einer Sekunde alles kaputt machen, was vorher bunt und schön war? Keine Ahnung, wie

sie das machen, aber tatsächlich schaffen sie es.
Und dann kommt der *Schmerz.* Nicht nur in der Seele, man kann ihn sogar im Körper fühlen.
Wer schon einmal Liebeskummer gehabt hat, glaubt sofort, was Ärzte berichten: Herzen können brechen. Es gibt in der Medizin ein Phänomen, das »Broken-Heart-Syndrom« genannt wird. Ausgelöst wird es durch starke Gefühle von Trauer und Verlust. Das Herz zerbricht dabei zwar nicht in Stücke, aber für die Betroffenen fühlt es sich so an. Und das ist mehr als ein Gefühl: Das empfindliche Organ gerät dabei wirklich in einen Schockzustand. Die Trauer verursacht einen Anstieg der Stresshormone im Blut, die Herzkranzgefäße verkrampfen sich und der Herzmuskel wird nicht mehr ausreichend durchblutet. Starke Brustschmerzen und Atemnot sind die Folge. Bei älteren Menschen kann so ein Gefühlsschock sogar tödlich enden.

Das *Broken-Heart-Syndrom* ist zwar selten, aber Herzschmerzen kommen bei Liebeskummer oft vor und sie sind keine Einbildung: Hirnforscher haben festgestellt, dass bei emotionalem Schmerz dieselben Gehirn-Regionen aktiv sind wie bei körperlichen Schmerzen. Alle Nervenzellen signalisieren jetzt: aua! Und auch Herzspezialisten bestätigen, dass Herzen bei Stress wirklich und wahrhaftig wehtun können.

Herzschmerz ist aber nicht das einzige und nicht das schlimmste *Symptom* von Liebeskummer. Bei einer psychologischen Studie an der Universität Bielefeld zählten die befragten Schülerinnen und Schüler eine beeindruckende Liste an Symptomen und Problemen auf: Bauchschmerzen. Kopfschmerzen. Kreislaufbeschwerden. Erschöpfung und Müdigkeit. Gliederschmerzen. Appetitlosigkeit oder Fressattacken. Schlaflosigkeit. Tiefe Traurigkeit. Wut, Hass, Aggression. Das Gefühl, wie gelähmt zu sein. Angst. Einsamkeit. Schwierigkeiten, die alltäglichen Dinge zu verrichten. Antriebslosigkeit. Das Gefühl von Leere und Sinnlosigkeit. Gedanken an den Tod. Und dieser Zustand kann wochenlang dauern.

Woher kommen diese Symptome? Steigert man sich da nur rein? Sollte man Liebeskummer einfach unter der Rubrik »Shit happens« ablegen und sich neu verlieben? Wissenschaftler sagen: Das wäre natürlich gut, aber das geht nicht. Wer Liebeskummer hat, dessen Gehirn befindet sich im selben Hormon-Zustand wie das eines Drogen-Junkies auf Entzug. Mit Ratschlägen wie »Das wird schon wieder« oder »Andere Mütter haben auch schöne Söhne« kann man niemanden trösten, der gerade von echtem Liebeskummer zerfleischt wird.

Trotzdem, so grausam es klingt: Beide Sätze sind wahr. Tatsächlich wird jeder Mensch auch nach der größten Enttäuschung irgendwann wieder glücklich. Jeder! Und die Wahrscheinlichkeit ist groß, dass nach der Überwindung des Liebeskummers ein anderer Partner besser passt als der, der gerade einen Schlussstrich unter die gemeinsame Zeit gezogen hat.

Wer allerdings gerade frisch unter Liebeskummer leidet, will davon nichts wissen. In diesem Stadium will man nämlich gar nicht über den Schmerz hinwegkommen und in die

Zukunft blicken. Man will zurück ins alte Leben, um jeden Preis. Und so beginnt ein quälender Kreislauf aus Verzweiflung und Hoffnung.

Anrufe, Briefe, SMS, Gespräche, theatralische Treffen, Tränenausbrüche – das kann monatelang so gehen.
Liebeskummer ist dabei sehr gerecht: Er trifft Jungs und Mädchen, junge wie alte. Selbst alte Menschen mit ganz viel Lebenserfahrung kann er zutiefst unglücklich machen.
Welche Antworten haben Psychologen und Wissenschaftler auf all die Fragen, die Liebeskranke jetzt plagen?

Was habe ich falsch gemacht?

Nichts. In der Liebe geht es nicht um richtig oder falsch. Man wird niemals für richtiges Benehmen oder tolle Leistungen in Sachen Beziehung geliebt, so funktioniert Liebe nicht. Du warst in dieser Beziehung so, wie du bist. Und dein Freund war so, wie er eben ist. Manchmal passt das irgendwann nicht mehr zusammen.

Kann ich die Beziehung noch retten?

Das hängt davon ab, wie fest der Entschluss deines Freundes bereits steht. Psychologen sagen: Solange der »Rubikon« noch nicht überschritten ist, können Entscheidungen beeinflusst werden. Der Rubikon ist eigentlich ein italienischer Fluss, den Julius Cäsar einst mit seinen Soldaten überschritt. Danach gab es für ihn kein Zurück mehr, sein Entschluss zum Kampf war gefallen. Und so ist es angeblich auch bei jeder Entscheidung, die wir Menschen treffen. Nach dem *Rubikon-Modell* durchläuft man jedes Mal vier Phasen:

1. Man wägt ab, was man tun soll.
2. Man plant seine Handlung.
3. Man zieht die Sache durch.
4. Man bewertet sie zum Schluss.

Schon nach Phase eins, dem Abwägen, ist der Rubikon überschritten. In der zweiten Phase, der Planungsphase, steht die Entscheidung bereits fest. Wenn dein Freund also noch unschlüssig wirkt und mit dir einfach nur darüber reden will, ob eure Beziehung eine Zukunft hat, dann können Gespräche noch etwas bewirken. Wenn er aber schon Schluss gemacht hat, dann ist er sogar schon in Phase drei und es ist besser, wenn du das akzeptierst.
Klar, es kann sein, dass dein Freund nur aus taktischen Gründen Schluss gemacht hat, vielleicht, um dich zu irgendetwas zu bringen oder einfach nur, um auszuprobieren, ob ihm etwas fehlt, wenn er solo ist. In diesen Fällen könnte er seine Meinung auch wieder ändern. Aber mal ehrlich: Würdest du ihn dann noch wollen?
Es ist natürlich auch denkbar, dass er dir aus Mitleid eine

zweite Chance gibt, zum Beispiel wenn du verzweifelt weinst und ihn darum bittest. Aber Mitleid ist ja auch nicht das, was du dir von ihm wünschst.

Wenn Liebe endet – war es dann keine echte Liebe?

Erinnerst du dich an das Dreiecksmodell der Liebe, das in dem Kapitel »Was ist Liebe?« vorgestellt wurde? Danach besteht Liebe aus drei Bausteinen: Intimität, also Nähe und Zuneigung, Leidenschaft und Bindung. Wenn jemand Schluss macht, ist auf jeden Fall sein Bindungswille erloschen und vielleicht auch seine Leidenschaft. Er möchte mit dir keine Beziehung mehr führen, aus welchen Gründen auch immer. Das heißt aber nicht zwangsläufig, dass er dich jetzt nicht mehr mag und es heißt nicht einmal, dass er dich nicht mehr liebt. Die Nähe zu dir, die Vertrautheit, den Gedankenaustausch und die Freundschaft, die würde er vielleicht gern sein Leben lang behalten. Deswegen fällt in solchen Situationen auch oft der verhasste Satz: »Lass uns einfach Freunde bleiben.«

Vielleicht würde er sogar gern die körperlichen Zärtlichkeiten mit dir weiter genießen. Aber das geht nicht, denn du wünschst dir ja mehr von ihm als nur Freundschaft oder nur Sex. Deswegen ist es besser, auch darauf zu verzichten und einen klaren Schlussstrich zu ziehen.
Aber wenn es echte Liebe war, die euch verbunden hat, dann ist sie auch nach dem Ende der Beziehung nicht einfach spurlos verschwunden. Garantiert werdet ihr beide euer Leben lang etwas Besonderes füreinander sein. Du wirst ihm niemals egal sein, solange er atmet, und er dir auch nicht. Und später, wenn die Trennung nicht mehr wehtut, könnt ihr vielleicht wirklich Freunde sein.

Wenn er mich vielleicht noch liebt, warum können wir dann jetzt plötzlich nicht mehr zusammen sein?

Weil. Er. Nicht. Will.

Aber ich will!

Ja, und genau das ist das Grausame am Liebeskummer. Hier geht es nicht um eine demokratische Abstimmung. Hier gilt: Wer nein sagt, gewinnt.

Ich kann aber ohne ihn nicht weiterleben.

Doch, du kannst. Du willst nur nicht. Im Moment zumindest. Das ist ganz normal und hängt mit der Hormonlage in deinem Körper zusammen, Stichwort Drogen-Junkie. Aber das ändert sich auch wieder. Wirklich.
Im Moment hilft dir das natürlich nichts. Aber betrachten wir die Sache doch mal ganz knallhart und nüchtern: Du liebst ihn. Okay. Das heißt, du willst, dass er glücklich ist, oder? Dass er so leben kann, wie er leben möchte. Dass ihn nichts bedrängt und nichts bedrückt. Dann musst du ihn jetzt loslassen. Das ist in diesem Fall auch ein Gebot der Liebe. Denn im Moment will er ein Leben ohne dich und ist ohne dich glücklicher.
So selbstlos, dass dir das nichts ausmacht, kannst du jetzt natürlich nicht sein. Musst du auch nicht. Es ist genauso wichtig, dass du wieder glücklich wirst und dass sich jemand um dich kümmert. Und dieser jemand, der sich um dich kümmern sollte, bist du.
Es ist natürlich schwer, ja fast unmöglich, sich gut um sich selbst zu kümmern, wenn man gerade in einem tiefen, dunklen Loch sitzt und die ganze Welt und besonders sich selbst hasst. Aber das ist nun mal die Aufgabe, die das Leben dir jetzt stellt. Du musst dein eigener Psychologe sein und überlegen, was gut für dich ist.
Mach dir klar: Es geht jetzt nicht darum, wie du ihn zurückbekommst, sondern nur darum, wie du selbst wieder glücklich wirst. Ohne ihn.

Traurige Mäuse

Auch Präriewühlmäuse leiden unter Liebeskummer. Das haben der Neurobiologe Oliver Bosch, Wissenschaftler an der Universität Regensburg, und sein Kollege Larry Young vom Yerkes Institute in Atlanta bewiesen. Diese Mäuseart lebt normalerweise in festen Paarbeziehungen. Bei einem Experiment ließen die Forscher einige Präriewühlmäuse in Männer-WGs leben. Andere durften mit der Maus ihres Herzens den Käfig teilen. Nach ein paar Tagen trennten sie alle Mäuseriche von ihren Wohngenossen.

Den Singles aus der Männer-WG ging es danach prima, obwohl sie ihre Kumpels nicht mehr sahen. Die vereinsamten Mäuse-Lover aber ließen sich im wahrsten Sinne des Wortes komplett hängen. Normalerweise strampeln und zappeln Präriewühlmäuse, wenn man sie am Schwanz festhält und sie kopfüber nach unten

baumeln lässt. Die deprimierten Trennungsmäuse taten das nicht mehr. Erst als die Wissenschaftler ihnen Medikamente gegen Depressionen verabreichten, stellte sich ihr Überlebenswille wieder ein und sie wehrten sich wieder.
Dass auch Mäuse an Liebeskummer leiden, ist für Wissenschaftler ein wichtiges Ergebnis. Daraus kann man nämlich schließen, dass die Trauergefühle bei einer Trennung biologisch eine Funktion haben. Vermutlich sorgen sie für Treue und Beständigkeit bei Tieren und Menschen. Denn wer einmal erlebt hat, wie schrecklich Liebeskummer ist, wird seine Beziehung nie leichtfertig aufs Spiel setzen, egal ob Mensch oder Maus. Liebeskummer macht uns also bereit für künftiges Liebesglück.

Sollte ich jetzt Pillen schlucken?

Wenn du mehrere Wochen nach der Trennung immer noch kein Licht am Horizont siehst, ist es gut, richtig und kein bisschen peinlich, mit einem Arzt darüber zu sprechen. Eine Trennung kann ein ganz schwerer Einschnitt im Leben sein und manchmal braucht man dabei professionelle Hilfe. Aber davor kannst du selbst ein paar Tipps ausprobieren. Vielleicht lindern sie den Schmerz und jeder Tag wird ein bisschen leichter als der vorherige.

Was kann ich tun?

Es hilft, wenn du erst einmal verstehst, was rein biologisch betrachtet gerade in dir vorgeht: Jeder Mensch durchläuft in Zeiten des Liebeskummers vier Phasen, durch die man einfach durchmuss. Wie lange das dauert, ist von Mensch zu Mensch unterschiedlich und natürlich hängt es auch davon ab, wie lange man zusammen war und wie viel man in dieser Zeit gemeinsam erlebt hat.
Direkt nach dem Aus kommt *Phase eins,* der Trennungsschock. In dieser Zeit kannst du vielleicht noch überhaupt nicht glauben, was da eigentlich passiert ist. Typisch dafür ist das Gefühl, sich in einem Traum zu befinden und irgendwann daraus erwachen zu können. In dieser Phase hofft man auf eine zweite Chance, ruft den Partner vielleicht Tag und Nacht an, bittet um Gespräche und wäre zu großen Opfern bereit, um alles rückgängig zu machen. Schuld daran ist ein Überschuss des Hormons Dopamin. Das ist eigentlich ein Glückshormon, das der Körper bei Verliebtheit ausschüttet.

Jetzt in der Phase der Trennung ist es wieder genau wie im ersten Liebesrausch im Übermaß vorhanden und sorgt dafür, dass du deinen Partner wie am ersten Tag durch eine rosarote Brille siehst und ihn toller findest, als er ist. Wenn du dann aber daran denkst, dass eure Beziehung vorbei ist, schüttet das Gehirn Stresshormone aus und diese Kombination macht kampfbereit. Du willst alles tun, um deinen Freund zurückzuerobern und deine Droge, nämlich die Glückshormone, behalten zu dürfen. Liebe, Hass und Tränen liegen in dieser Phase ganz nah beieinander. Da fliegen dann schon mal Teller und Tassen oder knallen Türen. Und ein eigentlich friedlicher Mensch kann jetzt zum Stalker werden.

Danach kommt *Phase zwei,* in der es leider nicht besser, sondern erst mal schlimmer wird. Denn nun sinkt der Glückshormonspiegel drastisch ab. Nach der Betäubung erwacht die Verzweiflung und es geht dir so richtig dreckig. Du fühlst dich jetzt vermutlich wie die Mäuse im Tierexperiment: Du hast für gar nichts mehr Kraft und nichts macht dir mehr Spaß.

Aber wenn du das hinter dir hast, siehst du endlich wieder Licht am Horizont. In *Phase drei* erscheint dir die Zukunft plötzlich nicht mehr ganz so grau, und die Vergangenheit wirkt nicht mehr unrealistisch rosarot. Du bist jetzt kein Spielball der Hormone mehr, sondern kannst dich mit deinen echten Gefühlen befassen. Oft erkennst du nun, dass es schon vor der Trennung Probleme gab und kannst dir sogar vorstellen, irgendwann mit einem neuen Freund glücklicher zu sein.

In der *vierten und letzten Phase* ist dann der Schmerz überwunden und das innere Gleichgewicht wieder da. Du hast es geschafft!

Kann ich diesen Prozess beschleunigen?

Versuch es mal mit diesen sechs wissenschaftlich fundierten Turbo-Tricks:

1. Weinen

Manchmal liest man, Menschen seien die einzigen Lebewesen auf der Welt, die lachen können. Das stimmt aber nicht. Auch Tiere können lachen, Hunde und Schimpansen zum Beispiel. Selbst Rattenbabys lachen, wenn man sie kitzelt. Tatsächlich ist der Mensch aber das einzige Lebewesen, das weinen kann. Warum? Vielleicht, weil Menschen durch den Gebrauch ihres Verstandes auch ganz besonders viele emotionale Höhen und Tiefen durchleben. Man kann es sich eventuell so vorstellen, dass die Natur ihnen für Psycho-Stress eine Art Überlaufventil verschafft hat. Weinen baut nämlich Stress ab. Psychologen an der niederländischen Universität Tilburg haben das genauer untersucht und sie sagen: Im ersten Moment ist ein Gefühlsausbruch mit Tränenflut zwar noch mehr Stress für den Körper. Der Puls wird schneller, die Schweißdrüsen werden aktiv, der Blutdruck steigt. Aber dann passiert das genaue Gegenteil: Man wird ruhiger. Weinen ist also eine Art Kneipp-Kur fürs Gemüt. Genauso wie es bei kalten Füßen helfen kann, wenn man die Durchblutung mit noch kälterem Wasser anregt, kann es bei Psychostress helfen, wenn man mal so richtig schluchzt. Die Wissenschaftler haben übrigens festgestellt, dass der Effekt kleiner ist, wenn man im stillen Kämmerlein weint. Und deswegen kommen wir jetzt zu Punkt 2.

2. Mit jemandem reden

Hirnforscher haben festgestellt: Über Gefühle zu reden hilft ebenfalls gegen Kummer. Wenn man Verzweiflung, Angst und Trauer in Worte fasst, wechseln die Gefühle quasi in eine andere Hirnregion über, weg vom Schmerzzentrum, hin zu dem Bereich, mit dem wir Gefühle unter Kontrolle bringen können. Und in dieser »Ecke« unseres Kopfes kommen wir viel besser mit Trauer klar. Und wenn gerade niemand zum Reden da ist? Tagebuch schreiben hilft auch!

3. Berührungen

Küssen, Kuscheln, Zärtlichkeit. Berührungen sorgen dafür, dass wir das Kuschelhormon Oxytocin ausschütten. Das fehlt dir jetzt und auch das ruft Entzugserscheinungen hervor. Lass dich ruhig mal von anderen in den Arm nehmen – Freundinnen, Geschwistern, Eltern – oder knuddele deine Katze oder deinen Hund. Auch wenn das natürlich nicht dasselbe ist, wird es dir danach besser gehen.

4. Anderen etwas Gutes tun

Dein Leben macht dir keinen Spaß mehr? Dann schenke es doch solange anderen, bis du selbst wieder Freude daran hast. Das nützt auch dir. Anderen helfen macht nämlich glücklich. Jemand benötigt einen Umzugshelfer, einen Babysitter, ein bisschen Gesellschaft oder eine gute Tat? Das ist deine Chance! Zaubere jemandem ein Lächeln aufs Gesicht und der Stein, der auf deinem Herzen lastet, ist garantiert gleich ein paar Kilo leichter.

5. Eine neue Liebe

Da ist jemand, der dich interessiert, aber du weißt nicht, ob du schon bereit für eine neue Beziehung bist? Probiere es ruhig aus! Studien haben gezeigt, dass nichts besser gegen Liebeskummer hilft als eine neue Liebe. Aber nur einfach so zu tun, als ob du verliebt wärst, hilft dir natürlich nicht weiter. Da muss schon wirklich ein Funke überspringen. Also: möglichst schnell wieder raus ins Leben! Wie sollst du sonst jemanden finden, der dir Herzklopfen verursacht?

6. Liebe 2.0

Neue Medien, neue Probleme: Egal ob auf dem Laptop, dem Smartphone, in Internetforen oder in sozialen Netzwerken, in rosaroten Zeiten speichert man überall Fotos vom gemeinsamen Glück auf Wolke sieben. Und nach der Trennung sieht man sie dann überall, egal, wohin man auch klickt. Wissenschaftler haben festgestellt: Kaum etwas fällt jetzt so schwer wie das Löschen dieser Erinnerungen. Und der schwerste Klick von allen ist der auf den Beziehungsstatus »Single« in sozialen Netzwerken. Frag einfach deine beste Freundin, ob sie das für dich übernimmt und quälende Erinnerungen löscht. Aber Achtung: Bitte sie vorher, die schönsten Fotos irgendwo zu speichern, wo du sie später finden kannst. Denn auch das haben Wissenschaftler festgestellt: Wenn man alles löscht, was einen an glückliche Zeiten erinnern könnte, bereut man es später irgendwann.

Im Zeitalter des Internets gibt es übrigens nicht nur neue Liebesprobleme, sondern auch neue Liebeschancen. »Rekindling« heißt ein Trend, der in Trennungszeiten vielleicht ein tröstlicher Gedanke sein kann: Immer öfter »treffen« sich Paare nach Jahren und Jahrzehnten irgendwo in sozialen Netzwerken wieder und ihre Jugendliebe flammt erneut auf. Und so manche Liebesgeschichte erlebt später dann doch noch ein Happy End.

Liebe früher: Werthers Leiden

Goethes Roman »Die Leiden des jungen Werther« war ein Buch mit Risiken und Nebenwirkungen. Als der Briefroman 1774 erschien, veränderte er das Leben vieler Jugendlicher, und in einigen Fällen beendete er ihr Leben sogar. Nein, sie wurden nicht im Schulunterricht so lange mit dem »Werther« getriezt, bis sie qualvoll dahinsiechten. Das ist eher ein heutiges Problem. Es war ganz anders: Goethe traf damals mit seiner Geschichte genau das Lebensgefühl vieler Jugendlicher und er steckte sie mit Werthers Stimmung an. Und Werthers Geschichte hatte kein Happy End.

»Die Leiden des jungen Werther« handelt, wie der Titel schon sagt, von einem jungen Mann namens Werther, der sehr leidet. Er wird von heftiger Liebe ergriffen, als er die junge, hübsche Lotte zum ersten Mal sieht. Bei einem Gewitter kommt ihr spontan dasselbe Gedicht in den Sinn wie ihm und jetzt ist Werther sicher: Lotte und er sind seelenverwandt. Trotzdem heiratet sie aus Pflichtbewusstsein einen anderen. Oder vielleicht tut sie es auch aus Vernunft. Werther ist nämlich ein extremer Mensch, übertrieben gefühlvoll, schwärmerisch, schwermütig, wenig verlässlich.

»Ach, diese Lücke! Diese entsetzliche Lücke, die ich hier in meinem Busen fühle!«, ruft er nach Lottes Hochzeit aus und vergießt Ströme von Tränen. Damals hatten nämlich auch Männer noch einen Busen, so bezeichneten sie zumindest den Ort, an dem sich ihr Herz befand. Und auch Männer weinten noch hemmungslos, wenn ihre Gefühle sie »übermannten«.

Bei Werther bleibt es aber nicht beim Weinen. Er kämpft zwar gegen seinen Kummer an, doch er verliert. Zuletzt erschießt er sich mit einem Gewehr, das Lotte zuvor eigenhändig geputzt hat. »Handwerker trugen seinen Sarg. Kein Geistlicher hat ihn begleitet.« So endet das Buch.

Starb Werther aus Liebe? Psychologen sagen heute: Nein, der Knabe war eindeutig psychisch krank. Er hätte sich selbst dann das Leben genommen, wenn Lotte ihn tatsächlich erhört hätte. Krank oder nicht krank, das Buch wurde Kult. Jungs kleideten sich plötzlich wie Werther in blaue Fräcke mit gelben Hosen und Mädchen parfümierten sich mit »Eau de Werther«. Alle liebten und litten und angeblich nahmen sich mehrere junge Männer das Leben, ein Exemplar des Werther-Romans in der Hand. Hochmoralische Pädagogen warnten die Jugend daraufhin mit eindringlichen Worten vor den Gefahren der Lesesucht, die zu »Schlaffheit, Verschleimung, Blähungen und Verstopfung in den Eingeweiden« führen könne, aber auch zu Sittenverfall und einem sündigen Leben. Und sie bewachten ihre Zöglinge noch strenger, um möglichst jeden Kontakt zum anderen Geschlecht zu verhindern. Dabei war genau das deren Problem. Damals zog man Jungen und Mädchen streng getrennt voneinander auf und versuchte, die »schmutzigen« Regungen des Körpers möglichst lange im Keim zu ersticken, um die »reine Seele« zu schützen. Und das jahrelang, sogar jahrzehntelang, bis man verheiratet war und »eheliche Pflichten« hatte. Beispiel Goethe: Wissenschaftler vermuten, dass der große Dichterfürst seinen ersten Sex im Alter von neununddreißig Jahren erlebte. Kein Wunder, dass Jungs und Mädchen damals extrem reagierten, wenn sie sich verliebten. Sie kamen einfach nicht mit ihren Gefühlen klar.

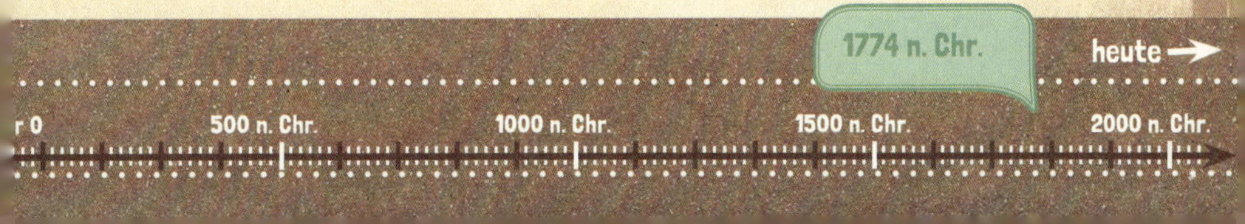

Und wo bleibt die Moral?
Vom richtigen Küssen und anständig Sein

Seit Goethes Zeiten haben sich die Moralvorstellungen gelockert. Noch im 19. Jahrhundert hatten Damen – abgesehen von ihren Händen – unterhalb des Halses keine Körperteile, die man sehen oder auch nur im Gespräch erwähnen durfte. Sie waren auch niemals schwanger, sondern höchstens »guter Hoffnung«. Und Unterhosen hießen zu dieser Zeit »die Unaussprechlichen«, man erwähnte sie nur, wenn es gar nicht anders ging. Angeblich sortierten manche Moralapostel sogar die Bücher männlicher und weiblicher Autoren in getrennte Bücherschränke, um Jugendliche nicht auf *»unzüchtige« Gedanken* zu bringen. Heute ist das anders. Wir bedecken im Sommer manchmal nur noch wenige Quadratzentimeter des Körpers mit Kleidung. Sprechen dürfen wir über fast alles. Und Bücher kennen überhaupt keine Tabus mehr.

Und doch ist es seltsam: Wenn von Liebe die Rede ist, dann landet man auch heute noch ganz schnell beim Thema Moral. Nur mal ein Beispiel: *Darf dein Freund bei dir übernachten?* Im selben Zimmer wie du? Darf er seinen Roller nachts vor eurem Haus parken und ihn bis morgens dort stehen lassen, sodass alle Nachbarn ihn sehen können? Oder wollen deine Eltern das nicht? Sagen sie dann Sätze wie »Das geht doch nicht«, »Das tut man nicht« oder gar »Wo bleibt denn da die Moral?«

Und du? Siehst du das vielleicht ganz anders als deine Eltern und fragst dich, wen es eigentlich etwas angeht, wer bei dir übernachtet? Vielleicht findest du in der Liebe andere moralische Regeln viel wichtiger, zum Beispiel »Finger weg vom Schwarm deiner besten Freundin« oder »Nie per SMS Schluss machen«. Wer hat recht?

Wir alle teilen die Welt in *»Gut«* und *»Böse«*, in »Richtig« und »Falsch« ein, wir haben alle moralische Regeln, nach denen wir leben und handeln. Nur über die Frage, was denn nun eigentlich richtig oder falsch ist, können wir Menschen uns seit Jahrtausenden nicht einigen. Deswegen wurden sogar schon Kriege geführt und Menschen getötet, was eigentlich wirklich unmoralisch ist. Oder ist es das nicht? Sogar darüber kann man geteilter Meinung sein, wie die Geschichte zeigt. Was ist denn nun eigentlich Moral? Hat jeder seine eigene? Oder gibt es eine allgemeingültige Moral, die für alle Menschen gilt und nur leider nicht von allen befolgt wird? Und wenn ja: Wer hat diese Regeln festgelegt? Gott? Die Natur? Die Evolution? Oder wer sonst? Vielleicht hilft bei der Suche nach Antworten ein Blick ins Tierreich.

Charles Darwin, der Begründer der Evolutionstheorie, glaubte vor knapp hundertfünfzig Jahren, Moral sei der wichtigste Unterschied zwischen Mensch und Tier. Nur Menschen teilten seiner Meinung nach die Welt in Gut und Böse ein und versuchten, danach zu handeln und andere daran zu messen. Tiere hingegen handelten rein aus Instinkt. Moral sei also kein Naturgesetz, sondern eine Frage der *menschlichen Kultur.*
Aber stimmt das? Kennen Tiere wirklich keine Moral? Der niederländische Zoologe Frans de Waal sieht das anders. Er hat

festgestellt: Auch Affen haben eine Vorstellung von richtig und falsch, ja sogar von Gerechtigkeit. Bei einem seiner Experimente schenkte er Affen Gurkenstückchen, wenn sie ihm einen ihrer Spielsteine überreichten. Die Affen begriffen das Prinzip schnell und tauschten bereitwillig Steine gegen Gurke. Als der Forscher aber einigen wenigen Affen für dieselbe Sorte Stein eine viel leckerere Weintraube anbot, die anderen aber weiterhin mit Gurke abspeiste, wurden die Benachteiligten sauer und behielten ihre Spielsteine für sich. Und als dann ein Affe sogar ganz ohne Gegenleistung eine der beliebten Trauben erhielt, war das Maß voll. Plötzlich flogen Spielsteine und Gurkenstücke quer durch den Käfig in Richtung der Forscher. Die Affen waren jetzt richtig wütend. Sie konnten also offenbar erkennen, ob ein Handel fair oder unfair war. Allerdings flogen keine Trauben durch die Luft. Der Sinn der Affen für Fairness ging nie so weit, dass sie eine zu Unrecht erhaltene Weintraube abgelehnt hätten.
Ähnlich verhalten sich auch kleine Kinder und zwar überall auf der Welt. Das Gefühl für Gerechtigkeit und der Wunsch,

diejenigen zu bestrafen, die unfair handeln, könnte also ein moralisches Naturgesetz sein, das in den Genen verankert ist.
Eine andere weitverbreitete Moralregel entdeckt man bei einem Blick in die Geschichte. Menschen befolgen seit Jahrtausenden weltweit in allen Religionen und Kulturen die sogenannte *»Goldene Regel«*. Sie fordert: Behandele andere immer so, wie du selbst gern behandelt werden willst. Sie steht zum Beispiel in den Schriften des weisen chinesischen Philosophen Konfuzius: »Was du selbst nicht wünschst, das tue auch anderen nicht an. Dann wird es keinen Zorn gegen dich geben – weder im Staat noch in deiner Familie.« Man findet sie aber auch in altorientalischen Texten: »Sohn, was dir übel erscheint, tue deinem Mitmenschen nicht an. Was immer du willst, dass dir es die Menschen tun, das tue du allen.« Sie steht außerdem mehrfach in der Bibel: »Alles, was ihr also von anderen erwartet, das tut auch ihnen!« Und sie ist auch ein Gebot im Islam: »Wünsche den Menschen, was du dir selbst wünschst, so wirst du ein Muslim.« Der Philosoph Immanuel Kant formulierte die Regel um zum »kategorischen Imperativ«: »Handle so, dass die Maxime deines Willens jederzeit zugleich als Prinzip einer allgemeinen Gesetzgebung gelten könne.« Und einfacher und verständlicher heißt es im Volksmund: »Was du nicht willst, das man dir tu', das füg' auch keinem andern zu.«
Auch diese Regel ist also vielleicht ein moralisches Naturgesetz, das allen Menschen auf der Welt gut und richtig erscheint.
In Sachen Liebe gelten aber auffällig oft Sitten und Gebräuche nicht überall auf der Welt. Auch heute noch existieren zum Beispiel weltweit unterschiedliche Kussregeln.

Richtig küssen – weltweit betrachtet

In Indonesien, Malaysia, Dubai, Indien und Japan ist das Küssen in der Öffentlichkeit unüblich oder sogar verboten. Wer es trotzdem tut, muss je nach Land mit Geldstrafen, Gefängnis oder sogar Peitschenhieben rechnen.

In Frankreich und auch im englischen Warrington gibt es andere Gründe für Kussverbote. Dort dürfen sich Reisende auf Bahnsteigen nicht küssen. Wegen rührender Abschiedsszenen kam es immer wieder zu Zugverspätungen. In Deutschland ist das Küssen nur am Steuer eines Fahrzeugs verboten.

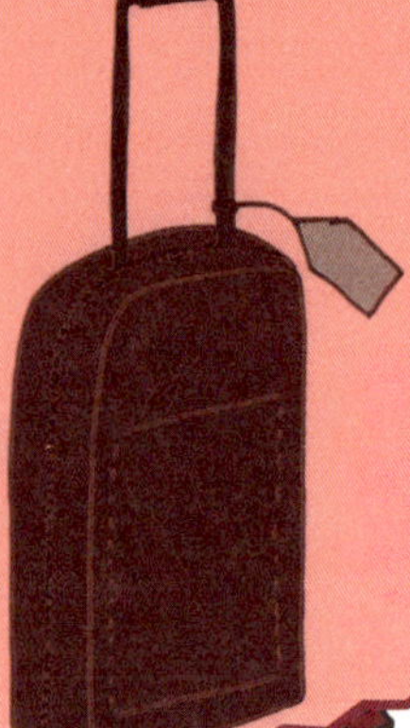

In Südafrika ist das Küssen für Jugendliche unter sechzehn Jahren verboten, sowohl in der Öffentlichkeit als auch zu Hause. Und im US-Bundesstaat Tennessee sind Lehrer gesetzlich verpflichtet, ihre Schüler am Küssen und auch am Austausch anderer Zärtlichkeiten zu hindern.

Der Sozialistische Bruderkuss war im Kalten Krieg eine Geste zwischen Politikern des früheren »Ostblocks«. Dabei küssten sich die Männer auf die Wange oder sogar auf den Mund. Heute ist es gleichgeschlechtlichen Paaren in Russland verboten, sich zu küssen. Auch in Jamaika, Kuwait, Marokko, Sambia, Algerien und in anderen Ländern drohen gleichgeschlechtlichen Paaren drastische Strafen, wenn sie sich in der Öffentlichkeit küssen, in Saudi-Arabien zum Beispiel Stockschläge.

Die Inuit küssen sich angeblich, indem sie ihre Nasen aneinanderreiben. Das ist aber ein Gerücht. Tatsächlich handelt es sich dabei nicht um einen Kuss, sondern um einen »Riechgruß«: Die Inuit beschnuppern sich zur Begrüßung an Nase und Wangen. Ähnlich begrüßen sich auch die neuseeländischen Maori beim »Hongi«: Sie berühren sich mit den Nasen und nehmen dabei den Atem des Gegenübers wahr.

Bei einem Südseevolk in Papua-Neuguinea knabbern sich Liebespaare zärtlich an den Wimpern, statt sich zu küssen.

In vielen Ländern ist es üblich, Freunde und Bekannte mit Wangenküsschen zu begrüßen, zum Beispiel in Italien, Spanien und Portugal (zwei Küsschen), der Schweiz und den Niederlanden (drei Küsschen). Das französische Begrüßungsküsschen ist eine Wissenschaft für sich: In Paris küsst man sich zwei Mal, in anderen Regionen drei oder vier Mal rechts und links auf die Wangen. Manche hauchen das Küsschen nur, andere schmatzen dabei richtig.

Man beginnt mit Begrüßungsküsschen meistens links, aber nicht immer. Zusammenstöße sind also vorprogrammiert und können für Flirtzwecke sogar gezielt genutzt werden, dann trifft man sich in der Mitte.

Wer das nicht möchte, sollte wissen: Zwei Drittel aller Menschen drehen grundsätzlich den Kopf beim Küssen nach rechts, und zwar von Geburt an. Rechtsdrehende Küsser, die ihr Küsschen also auf linke Wangen hauchen, haben demnach statistisch gesehen ein kleineres Pannenrisiko.

Die Auffassung, was »man« tut und was nicht, ändert sich also im Laufe der Geschichte, und sie wechselt auch von Land zu Land.
Wie entstehen solche Regeln? Und warum erscheinen sie oft so sinn- und grundlos? Der indische Jesuitenpriester Anthony de Mello hat zu diesem Thema eine anschauliche Geschichte erzählt:

Ein indischer Guru traf sich jeden Abend mit seinen Jüngern zum Gespräch. Immer huschte dann auch eine Katze in den Raum. Sie spazierte um die Jünger herum und lenkte sie von den Worten des Meisters ab. Um das zu verhindern, ließ der Guru die Katze schließlich vor jeder Zusammenkunft draußen vor der Tür anbinden.
So verging die Zeit und irgendwann starb der Guru. Die Jünger aber banden die Katze noch immer vor jedem ihrer Treffen fest. Und als dann irgendwann auch die Katze starb, schafften sie eine neue an, die sie vor der Tür anbinden konnten. Noch Jahrhunderte später schrieben Anhänger des Gurus gelehrte Abhandlungen über die überaus wichtige Rolle einer angebundenen Katze bei religiösen Andachten.

Diese Geschichte zeigt, dass manche Regeln ursprünglich durchaus einen Grund hatten, der aber später irgendwann wegfiel. Trotzdem kommen solche Regeln den Betroffenen oft so selbstverständlich vor, dass sie überhaupt nicht über sie nachdenken und es nicht merken, wenn sie veraltet sind. Und so können sie auch nach dem Wegfall ihrer Grundlage jahrhundertelang weitergelten.

Noch einmal zurück zu dem Beispiel mit der verklemmten Sexualmoral früherer Jahrzehnte und Jahrhunderte: Viele gläubige Menschen glaubten damals noch, Sex vor der Ehe führe irgendwann auf direktem Weg in die Hölle, obwohl das in der Bibel nirgends geschrieben steht. Aber das war nicht der einzige Grund für die strengen Regeln. Man wollte junge Menschen damit außerdem auch vor ganz reellen »Gefahren« bewahren, vor Schwangerschaften und Geschlechtskrankheiten zum Beispiel. Frauen und Mädchen wurden im 19. Jahrhundert nämlich immer gebildeter und selbstbewusster. Viele wollten plötzlich nicht mehr irgendeinen wohlhabenden Mann heiraten, um wirtschaftlich versorgt zu sein. Sie wollten nun einen Ehemann, den sie wirklich liebten. Aber dazu muss man ja erst lieben, bevor man heiratet. Und eine Liebe mit allem, was dazugehörte, war damals viel riskanter als heute.

Eine ungewollte Schwangerschaft kam einer Katastrophe gleich, denn Alleinerziehende konnten nicht arbeiten, ihnen drohten also Armut, Hunger und Not. Und zuverlässige Verhütungsmittel gab es nicht. Auch Geschlechtskrankheiten wie Syphilis und Tripper waren in dieser Zeit ein großes Problem. Antibiotika, um sie zu heilen, waren ebenfalls noch nicht erfunden. Man versuchte also, Jugendliche vor körperlichen »Gelüsten« zu schützen, indem man sie vom Thema Sexualität fernhielt und ihnen sogar gezielt Angst davor machte.

Der Preis, den die Jugendlichen für diesen vermeintlichen Schutz zahlen mussten, war hoch. Niemand klärte sie nämlich über ganz natürliche Körpervorgänge auf und viele gerieten in Panik und wurden krank, wenn sich ihr Körper und ihre Gefühle in der Pubertät veränderten und sie nicht wussten, woran das lag. Einige nahmen sich deswegen sogar das Leben. Nicht ohne Grund war das 19. Jahrhundert auch die Zeit, in der Ärzte wie Sigmund Freud die Zusammenhänge zwischen körperlichen Krankheiten und seelischen Problemen entdeckten. Sie hatten in diesen Jahrzehnten einfach ungewöhnlich viele Patienten, die durch den seelischen Druck den Lebensmut verloren hatten.

Heute gibt es Verhütungsmittel und Medikamente gegen Geschlechtskrankheiten, es gibt Kindergärten, Teilzeitjobs und neue Familienformen wie Patchworkfamilien. Liebe und Sex sind nicht mehr so »gefährlich« wie früher. Die strengen Moralregeln blieben aber trotzdem noch lange bestehen und manche Menschen haben sie nach wie vor verinnerlicht, auch wenn es sich dabei eigentlich um »Guru-Katzen«, also lediglich um Rituale handelt, die gar keinen wirklichen Sinn mehr haben. Es gibt übrigens auch moralische Ge- und Verbote, die nie eine sinnvolle und nachvollziehbare Ursache hatten. Sie haben ganz andere Wurzeln.

Ein Beispiel: *Gleichgeschlechtliche Liebe* hat es immer gegeben und wird es immer geben. Schon im uralten Gilgamesch-Epos verbindet die beiden Freunde Gilgamesch und Enkidu eindeutig mehr als nur Freundschaft. Trotzdem gibt es große Unterschiede, wie menschliche Gesellschaften mit Homosexualität umgehen. Manchmal locker: In einigen Ländern war sie schon früh ganz selbstverständlich akzeptiert, zum Beispiel im alten China und in Japan. Und heutzutage können gleichgeschlechtliche Liebespaare in vielen Ländern heiraten oder ihre Lebenspartnerschaften standesamtlich eintragen lassen, zum Beispiel in Deutschland, Österreich und der Schweiz.

In anderen Ländern war und ist der Umgang mit Homosexualität aber alles andere als locker, oft galt und gilt sie als Krankheit, als Sünde oder gar als Verbrechen, das war auch bei uns vor einigen Jahrzehnten noch der Fall. In manchen Ländern wird Homosexualität unter Männern noch heute mit dem Tod bestraft.
Anders als bei der Geschichte von der Katze des Gurus gab es aber nie eine sinnvolle Begründung für die Diskriminierung gleichgeschlechtlicher Paare. Sie hat andere Ursachen, die mit Moral und Unmoral nichts zu tun haben: Menschen mit einem schwachen Selbstwertgefühl neigen oft dazu, andere auszugrenzen und zu unterdrücken. Die Homophobie, also die Feindseligkeit gegen gleichgeschlechtliche Paare, hat demnach vermutlich dieselben Wurzeln wie Fremdenfeindlichkeit, Rassismus oder auch die Diskriminierung von Frauen.

Was ist nun also Moral? Ein Blick auf andere Länder und auf die Geschichte der Menschheit hat gezeigt: Sie ist ein Mix aus einigen wenigen weltweit geltenden moralischen Grundregeln, aus religiösen Vorstellungen, aus »Guru-Katzen« und aus dem, was uns unsere Erziehung, unser eigenes Gewissen und unsere Ängste diktieren. Heute sind die geltenden moralischen Regeln weniger einheitlich als früher. Jeder hat seine eigenen. Das ermöglicht einerseits neue Freiheiten, andererseits gibt es deswegen aber auch oft Streit.
Noch einmal zurück zu dem Beispiel vom Anfang des Kapitels: Darf dein Freund bei dir übernachten? Tut »man« das?
Rein gesetzlich spricht nichts dagegen, wenn ihr beide über vierzehn (Deutschland, Österreich) beziehungsweise über sechzehn Jahre alt seid (Schweiz). Ab diesem Alter darfst du Sex haben. Aber trotzdem können deine Eltern dir rein rechtlich jeden Umgang mit deinem Freund verbieten, und zwar, wenn es dafür triftige Gründe gibt und du noch nicht

achtzehn bist. Ein triftiger Grund kann es sein, wenn deine Eltern diesen Freund für schädlich oder gefährlich halten. Sie dürfen ihm außerdem grundsätzlich und sogar ohne Angabe von Gründen verbieten, ihr Haus zu betreten, egal zu welcher Tageszeit. Vor Gericht hast du also kaum eine Chance, wenn dein Freund nicht bei dir übernachten darf.
Umfragen zeigen aber, dass die meisten Jugendlichen sich gut mit ihren Eltern verstehen und mit ihnen offen über solche Themen reden können. Versuch es einfach mal. Sprich in einem ruhigen Moment mit ihnen über deine Moralvorstellungen und frage sie nach ihren. Vielleicht kannst du ihre Gründe danach besser verstehen und sie sogar einsehen. Vielleicht können sie die Welt aber auch einmal durch deine Augen betrachten. Gemeinsam könnt ihr dann einen Mittelweg finden.
Willst du wissen, ob deine Eltern dir ein Piercing oder ein Tattoo verbieten können? Oder ob du einfach ohne zu fragen zum Frauenarzt gehen kannst, um dir die Pille verschreiben zu lassen? Vielleicht interessiert dich auch, ob du ein Recht auf Taschengeld hast? Solche Fragen beantwortet die Broschüre »Meine Erziehung – da rede ich mit«, herausgegeben vom Bundesjustizministerium. Man kann sie im Internet auf der Hompage des Ministeriums (www.bjm.de) finden, und zwar unter Service, und dann unter dem Link »Publikationen« auf Seite 3.

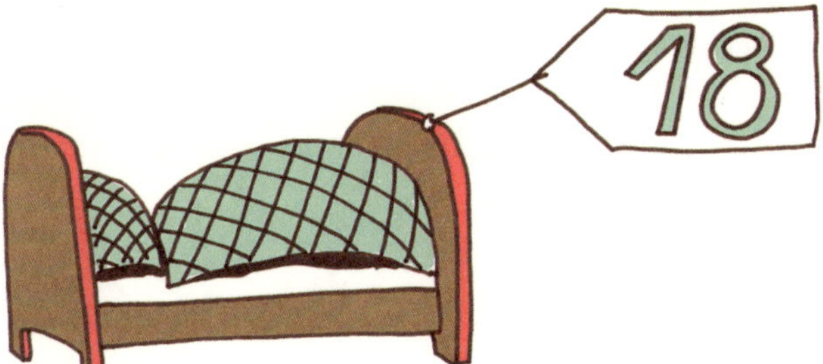

Liebe früher: Die Briefmarkensprache

Früher haben Jugendliche nie mit ihren Eltern über Moral diskutiert, das war undenkbar! Stattdessen sind viele heimlich eigene Wege gegangen. In einem Buch aus dem 19. Jahrhundert konnte man zum Beispiel lesen:

»Die heranwachsende Jungfrau, welche ihre Bestimmung zu ahnen beginnt, wird zumeist ängstlich behütet, damit kein rauher Frühlingswind die Knospe schädige. So wird es dem jungen Mann meist schwer, eine junge Dame kennenzulernen, oder mit ihr zu schriftlichem Gedankenaustausch zu kommen. Die Briefmarkensprache hilft allem ab. Liebende können sich so viel sagen, als sie wollen, trotz sorgfältigster Überwachung.«

Der Trick: Man schickte der Liebsten anonym per Post irgendeinen Werbeprospekt, der den Eltern nicht weiter auffiel. Und dann ließ man die Briefmarken sprechen. Je nachdem, wie sie geklebt waren, übermittelten sie Geheimbotschaften. Die Bedeutung konnte die Angebetete dann nachschlagen.

Auch Blumen konnten früher Botschaften übermitteln. Sogenannte »Wörterbücher der Blumensprache« ordneten jeder Blüte eine bestimmte Bedeutung zu. Vor einem Ball konnten junge Männer ihrem Schwarm dann »durch die Blume« eine Botschaft zukommen lassen. Steckte sich das Mädchen beim Tanz einige der Blüten ins Haar, war das eine Absage. Trug sie das Sträußchen aber als Ansteckblumen über dem Herzen, durfte der Kavalier hoffen.

Ich liebe dich unaussprechlich!

Hüte unser Geheimnis!

Bitte um Rendez-Vous!

Du bist treulos!

Besuchst Du Ball?
Siehe unter Marke.

Versprichst Du mir häusliches Glück?

Meine Eltern wissen alles!

Mit uns ist's aus!

Warum trennen sich manche Paare? Und warum bleiben andere ein Leben lang zusammen? Gibt es feste Regeln für Liebesglück? Wissenschaftler haben inzwischen viel über Männer und Frauen, Liebe und Sex herausgefunden. Hier ihre wichtigsten Forschungsergebnisse von A bis Z:

A wie Amefi

Der ultimative Liebeskiller heißt AMEFI. Das ist die Abkürzung für »Alles mit einem für immer«. Wenn du versuchst, jede Sekunde des Tages mit deinem Freund zu verbringen, bist du wahrscheinlich bald wieder Single. Jede Liebe braucht Freiräume. Shoppen macht dir mit deiner Clique vielleicht sowieso mehr Spaß, und Fernsehen beispielsweise mit deiner Schwester. Ein neuer Freund ist kein Grund, das zu ändern!

B wie Beachtung

Romantische Treffen, herzergreifende Liebeserklärungen, wilde Szenen der Leidenschaft, bedingungsloser Beistand in den schlimmsten Lebenskrisen. Das ist Liebe, wie man sie im Kino sieht. Eine Beziehung, die nur aus solchen Highlights besteht, kann aber kein Mensch sein ganzes Leben lang aufrechterhalten. Wie soll man nebenher noch den ganz normalen Alltag stemmen?
Paartherapeuten sagen: Auf romantische Highlights kommt es in einer Beziehung gar nicht an. Viel wichtiger ist genau

dieser ganz normale Alltag. Was Liebe am Leben hält, ist die Beachtung, die sich Liebende für andere fast unsichtbar jeden Tag schenken. Hört sie ihm zu, wenn er übers Wetter redet? Lächelt er sie auch beim Einkauf im Supermarkt mal an? Solche Kleinigkeiten sind es, die glückliche Paare von unglücklichen unterscheiden.

C wie CHANCEN

Computersimulationen haben gezeigt: Die beste Chance auf Liebesglück besteht nach zwölf gescheiterten Versuchen. Als Versuch zählen hierbei nicht nur Liebesbeziehungen, sondern jeder intensive Kontakt zu einem potenziellen Kandidaten, dazu gehören zum Beispiel auch Tanzpartner, Partyflirts oder Nebensitzer im Schulunterricht, selbst wenn da nie was lief. Entscheidend ist nur, dass derjenige als Partner rein theoretisch in Frage kommen könnte und dass du diese Möglichkeit bei Gesprächen und Treffen mit ihm in Gedanken durchgespielt hast. Nach zwölf solchen Checks hat man eine gute Vorstellung davon, was man eigentlich sucht, und dann kann man getrost zugreifen, wenn's funkt.

D wie Drehbuch

Warum funktioniert Liebe? Der amerikanische Psychologe Robert Sternberg glaubt: Wir schreiben alle quasi von Geburt an im Kopf eine Art »Drehbuch« für unseren ganz persönlichen, privaten Liebesfilm. Bei manchen ist dieser Film ein Märchenfilm mit Prinzessinnen und Prinzen, bei anderen ein Psychothriller mit Streit, Szenen und theatralischen Versöhnungen, bei wieder anderen ein Kuschelfilm oder ein Familienfilm. Wenn wir auf jemanden treffen, der einen ähnlichen Film im Kopf hat, dann passt er als Besetzung für die männliche Hauptrolle in unserem Leben und dann klappt es auch mit der Liebe.

E wie Eifersucht

Wissenschaftler haben eine neue Form der Eifersucht entdeckt: die digitale Eifersucht. Online-Netzwerke können zum Liebeskiller werden, wenn ein Partner seine Internetkontakte zu intensiv pflegt oder wenn sich unter seinen Freunden Ex-Partner oder attraktive Unbekannte befinden. Und es gibt noch eine Form der Eifersucht, die man früher nicht kannte. Laut Umfragen ist jeder vierte Deutsche eifersüchtig auf das Smartphone seines Partners. Damit verbringen viele nämlich mehr Zeit als mit dem Menschen an ihrer Seite.

F wie fruchtbare Tage

Ist es das Aussehen? Die Stimme? Der Duft? Sind es die Bewegungen? Man weiß nicht genau, woran es liegt, aber Männer finden Frauen an den Tagen rund um den Eisprung attraktiver als an unfruchtbaren Tagen. Und Frauen gehen an diesen Tagen schneller auf einen Flirt ein.

G wie Glücksspeck

Es gibt nicht nur Kummerspeck, es gibt auch Glücksspeck. Wissenschaftler haben festgestellt, dass glückliche Paare oft dicker sind als unglückliche. Wer nämlich nicht wirklich sicher ist, ob der Mensch an seiner Seite der Partner fürs Leben ist, sorgt vorsichtshalber dafür, auch für mögliche neue Partner attraktiv zu bleiben. Außerdem essen glückliche Paare regelmäßig zusammen und treiben seltener Sport.

H wie Haushalt

Ran an den Haushalt, Jungs, und zwar der Liebe wegen! Laut einer kalifornischen Studie haben Paare, bei denen die Männer im Haushalt helfen, mehr Sex als Paare, bei denen nur die Frau für Haushaltsdinge zuständig ist.

Finger weg vom Haushalt, Jungs! Eine spanische Studie hat ergeben: Männer, die im Haushalt helfen, haben weniger Sex als Männer, die sich beim Putzen vornehm zurückhalten.

Ja, was denn nun? Wenn man sich beide Studien kritisch anschaut, kommt man zu dem Schluss: Vermutlich haben Sex und Hausarbeit einfach rein gar nichts miteinander zu tun.

I wie ILLUSION

Wenn man verliebt ist, sieht man seinen Schwarm durch eine rosarote Brille. Irgendwann wacht man dann aus diesem Rausch auf und sieht den Partner realistischer. Glückliche Paare sind dabei aber nie ganz realistisch. Sie entdecken an ihrer großen Liebe auch nach der ersten Verliebtheit noch rosarote Eigenschaften, die andere beim besten Willen nicht finden können. Wer sich einige Illusionen erhalten kann, ist deswegen noch lange nicht weltfremd. Wenn man Menschen sieht, wie sie sein könnten, werden sie manchmal auch tatsächlich so.

J wie Johannes

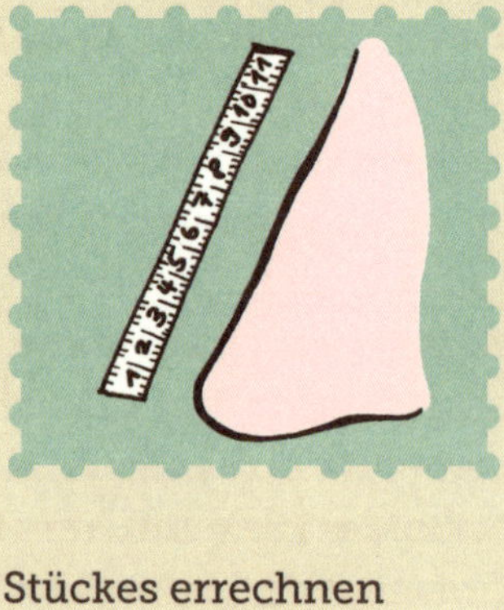

Ein Sprichwort behauptet: »Wie die Nase eines Mannes, so auch sein Johannes.« Das stimmt aber nicht. Zwischen der Nasenlänge und der Länge des besten Freundes eines Jungen besteht kein Zusammenhang.
Russische Forscher haben eine andere Formel ermittelt, mit der man aus der Schuhgröße eines Jungen die Länge seines allerbesten Stückes errechnen kann. Sie lautet: »Fußlänge in Zentimeter plus fünf geteilt

durch zwei.« Wissenschaftler aus London haben das aber nachgemessen und sagen: Auch das stimmt nicht. Es gibt keinen Zusammenhang zwischen Fußgröße und Penislänge. Aber auf die Länge kommt es auch gar nicht an. Sie ist übrigens Umfragen zufolge Jungs viel wichtiger als ihren Partnerinnen.

K wie Kuss

Küssen ist gesund. Für einen intensiven Kuss muss man achtunddreißig Muskeln aktivieren, das Herz klopft schneller und der Kreislauf kommt in Schwung. Ein Kuss verbraucht daher fünfzehn Kalorien. Aber nicht nur das: Ein Kuss ist auch eine Art Schluckimpfung, die sich Liebende gegenseitig verabreichen. Der Speichel enthält nämlich Bakterien und das trainiert das Immunsystem. Küsse können außerdem nachweislich Schmerzen lindern und sie lassen Wunden schneller heilen.

L wie Lächeln

Wenn mal wieder der Schulfotograf kommt, solltest du beim Knipsen sicherheitshalber lächeln. Ein amerikanischer Psychologe hat für eine Studie siebenhundert Schulfotos ausgewertet und festgestellt, dass diejenigen, die auf den Bildern ernst und brummig aussahen, später öfter geschieden waren. Natürlich kannst du dir so kein späteres Eheglück herbeilächeln. Aber vielleicht ist es schon eine Überlegung wert, ob man der Welt nicht öfter mit einem Lächeln begegnen könnte.

M wie MUNDGERUCH

Mundgeruch ist ein häufiges Beziehungsproblem. Schon in den griechischen Göttersagen strafte die Göttin Aphrodite alle Frauen auf der Insel Lemnos mit Mundgeruch, weil sie ihr nicht genug huldigten. Als Folge blieben die Männer weg und vergnügten sich mit Sklavinnen. Mundgeruch kann man selbst oft nicht wahrnehmen. Schnelltest: Am Handrücken lecken und dann dran riechen.

N wie NATUR

Ganz bestimmte Düfte lösen nachweislich beim Menschen Frühlingsgefühle aus: die Gerüche, die Moos, Gras und moderndes Laub in warmem Sonnenschein abgeben. Von Kindheitstagen an haben wir alle im Gehirn abgespeichert: Wenn es so riecht, dann geht es aufwärts, dann werden die Tage länger, es wird warm und das Sommerglück ist nicht mehr fern. Und das macht gute Laune. Wenn jetzt noch die Frühjahrsmüdigkeit durch helles Sonnenlicht vertrieben wird und die Winterklamotten weichen, dann steht Frühlingsgefühlen nichts mehr im Weg.

O wie OHR

Wenn du deinem Freund ein Kompliment machen willst, flüstere es ihm ins linke Ohr. Gefühlvolle Worte, die man mit links hört, bleiben zu 70 Prozent im Gedächtnis. Das rechte Ohr speichert nur 58 Prozent. Der Grund: durchs linke Ohr erreichen die Worte die rechte Hirnhälfte und die ist empfänglicher für Gefühle.

P wie Pille

Wissenschaftler halten es für möglich, dass die Hormone der Antibabypille die Partnerwahl beeinflussen. Einige raten Frauen deshalb vorsichtshalber vor der Hochzeit zu einer Pillenpause, um sicher zu sein, dass sie ihren Zukünftigen auch ohne künstlichen Hormoneinfluss noch attraktiv finden. Studienergebnisse, die die Vermutung nahelegen, dass die Pille die Entscheidung für oder gegen einen Mann beeinflusst, sind aber sehr umstritten. Eine so große Rolle spielen Hormone wahrscheinlich nicht.

Q wie quälendes Quengeln

Ein echter Liebeskiller ist Studien zufolge starker »Neurotizismus«. Neurotische Menschen sind schwer zufriedenzustellen. Es gibt immer irgendetwas, das nicht in Ordnung ist. Sie sind ängstlich, labil, nervös, leicht gestresst, launisch, empfindlich, depressiv und reizbar. Und dieses Wechselbad der Gefühle hält auf Dauer kaum eine Beziehung aus. Ausgeglichene, entspannte und sorgenfreie Menschen haben es in der Liebe leichter. Na toll. Und was macht man, wenn man nun mal einfach ein neurotischer Mensch ist? Wenn man schnell gekränkt oder ängstlich oder launisch reagiert? Am besten macht man dann besonders oft alles, was entspannt und Spaß macht! Und, ganz wichtig: Man sollte offen darüber reden, dass man oft grundlos brummig ist. Dann können andere besser damit klarkommen.

R wie Romantik

Wer hätte das gedacht: Jungs sind romantischer als Mädchen! Als Trennungsgrund geben sie viel häufiger an, in der Beziehung habe die Romantik gefehlt.

S wie STREIT

Bei einem Beziehungsstreit steigt der Pegel der Stresshormone im Blut bei Männern viel stärker an als bei Frauen. Das hat eine amerikanische Studie ergeben. Frauen können einen ordentlichen Streit als echte Befreiung und damit sogar als positiv erleben, Männer nicht, für die ist das richtig stressig. Vielleicht hat das aber auch einen nachvollziehbaren Grund: Umfragen zufolge brüllen Frauen beim Streit öfter als Männer.

T wie TREUE

Umfragen zeigen: Fast alle wünschen sich Treue in der Beziehung, aber nur etwa die Hälfte der Befragten sind ihrem Partner auch tatsächlich ein Leben lang treu. Ein Blick ins Tierreich zeigt jedoch, dass das eigentlich sogar ein unerwartet hoher Prozentsatz ist. Nur 3 Prozent aller Säugetiere leben in festen Paarbeziehungen. Und selbst bei diesen Arten sind gelegentliche Seitensprünge nicht unüblich. Auch die Gattung Homo sapiens lebt nicht überall auf der Welt nur in Zweierbeziehungen. In manchen Ländern der Welt war und ist Polygamie durchaus üblich, rund fünfzig Länder erlauben sie noch heute. Meistens haben dort Männer das Recht, mehrere Frauen zu heiraten. Es gibt aber auch Gesellschaften, in denen Frauen mehrere Männer heiraten können.

Ist Treue also von der Natur nicht vorgesehen und eigentlich ein unerreichbares Ideal? Viele Paare beweisen das Gegenteil. Wichtiger als die Einhaltung hoher Treue-Ideale ist Einigkeit darüber, was beide Partner unter Treue verstehen. Das Wort Treue kommt nämlich von dem Verb trûwen, es bedeutet, dass man sich gegenseitig trauen und sich aufeinander verlassen kann. Man sollte sich also immer daran halten, was man sich gegenseitig versprochen hat, und umgekehrt nichts versprechen, was man nicht halten kann und will. Das ist echte Treue.

U wie UNTREUE

Der Klügere bleibt da. Männer, die zu Untreue neigen, haben statistisch betrachtet einen niedrigeren Intelligenzquotienten als treue Männer. Über untreue Frauen und ihre Intelligenz gibt es noch keine Studie. Fest steht nur: Frauen gehen genauso oft fremd wie Männer. Kluge Frauen allerdings sprechen nicht darüber, denn Männer kommen mit einem Seitensprung ihrer Partnerin viel schlechter klar. Das liegt vermutlich an der Erziehung.

Vertrauen

Für lebenslanges Liebesglück sollten Paare möglichst viele Gemeinsamkeiten haben und außerdem am besten noch über drei Charaktereigenschaften verfügen. Die wichtigste ist die Fähigkeit, anderen zu vertrauen und Nähe zulassen zu können. Punkt zwei ist das Verhalten im Streitfall. Nicht aggressiv sein, die schlechte Laune nicht am Partner auslassen, den richtigen Zeitpunkt für einen Streit abwarten – das sind Fähigkeiten, die das Liebesglück ganz entscheidend fördern. Und letzter Punkt: Man muss schon auch mal was einstecken können und darf sich bei Kritik nicht in ein Schneckenhaus zurückziehen.

W wie Wahrheit

Männer lügen öfter als Frauen. Das hat eine britische Studie ergeben. Das ist aber kein Grund, deinem Freund ständig zu misstrauen. Erstens würde das Studienergebnis genauso ausfallen, wenn Frauen mehr lügen würden als Männer. Sie könnten ja beim Beantworten dieser Frage gelogen haben. Und zweitens sind unter den häufigsten Männerlügen auch harmlose Schwindeleien wie »Nein, dein Po sieht nicht dick aus«. Und mal ehrlich: Will man da die Wahrheit hören?

X wie X-Chromosom

Glatzen bei Männern werden meistens durch ein Gen auf dem X-Chromosom vererbt. Da Männer nur ein X-Chromosom haben, das sie von ihrer Mutter erhalten, erben sie selten Papas Glatze, sondern stattdessen die von den männlichen Vorfahren mütterlicherseits. Wer von den Jungs also wissen will, ob ihm später vermutlich eine Glatze droht, der sollte nicht ängstlich auf Vaters Kopf, sondern auf den von Opa mütterlicherseits schielen. Studien haben gezeigt: Männer mit Glatze sind im Beruf oft erfolgreicher. Frauen finden aber Männer mit voller Haarpracht attraktiver.

Y wie Y-Chromosom

Das Y-Chromosom, das im Erbgut dafür sorgt, dass aus dem Mann ein Mann wird, ist eigentlich ein verkümmertes weibliches X-Chromosom. Im Gegensatz zum X-Chromosom, das etwa 1100 Gene enthält, verfügt so ein Ypsilon nur über etwa 200 Erbinformationen. Wissenschaftler vermuteten deswegen lange Zeit, das Y-Chromosom würde weiter verkümmern und die Männer seien möglicherweise in etwa 10 Millionen Jahren ausgestorben. Jetzt geben die Forscher aber Entwarnung. Das Y-Chromosom ist stabiler als gedacht und solange es Menschen gibt, wird es vermutlich auch Männer geben.

Z wie ZEHENschmerzen

Männer finden High Heels an Frauen gut, weil sie die Beine optisch verlängern und den Gang weiblicher machen. Das zumindest behaupten Modezeitschriften. Stimmt aber nicht, sagen Wissenschaftler von der Northumbria University im englischen Newcastle. Die Jungs merken meistens gar nicht, was ihre Angebetete an den Füßen trägt. Nur deswegen die Zehen in hohe Schuhe zu quetschen, weil das für eine tollere Ausstrahlung sorgt, ist also kein Grund.

Notizen:

Liebe früher: Liebe gegen alle Regeln der Kunst

Sie hatten kaum Gemeinsamkeiten. Sie waren beide keine ausgeglichenen Menschen. Und sie lebten in einer der körperfeindlichsten Zeiten der Geschichte, im 19. Jahrhundert. Die Ehe des Schriftstellers Mark Twain, Erfinder von Tom Sawyer und Huckleberry Finn, und seiner Frau Olivia stand unter keinem guten Stern. Heutige Psychologen hätten den beiden vermutlich das Scheitern vorausgesagt. Und trotzdem waren die beiden ein Leben lang glücklich verheiratet. Das geht!

Olivia »Livy« Langdon war der behütete Liebling reicher Eltern. Die 22-Jährige muss im Jahr 1867 wie eine der Schönheiten ausgesehen haben, die wir aus Filmen über die Zeit des amerikanischen Bürgerkriegs kennen: zart und zerbrechlich, mit großen dunklen Augen und dunklen Haaren, gekleidet in rauschende Roben aus reiner Seide. Und auch Olivias prachtvolles Elternhaus hätte gut in einen solchen Film gepasst. Besucher mussten drei Tore passieren, bevor sie die elegante Villa erreichten. Näherte sich eine Kutsche, öffneten sich diese Tore wie von Zauberhand, denn sie wurden im Hintergrund unsichtbar von Pferden gezogen. Luxuriös ausgestattet waren auch die Zimmer der Villa. Der Speisesaal zum Beispiel öffnete sich zu einem Wintergarten, in dem tropische Blüten dufteten, Vögel zwitscherten und ein Springbrunnen leise vor sich hinplätscherte.

In die luxuriös ausgestatteten Räume hätte ein eleganter Schwiegersohn mit guten Manieren gepasst. Mark Twain aber muss man sich eher ein bisschen wie einen Western-Cowboy vorstellen. Er stammte aus einer armen Familie und in seinem Elternhaus aß man in der Küche. Auch von einer behüteten Kindheit konnte bei ihm nicht die Rede sein. Mit neun rauchte er schon wie ein Schlot, mit elf verlor er seinen Vater und mit zwölf verließ er die Schule und machte eine Lehre als Schriftsetzer. Irgendwann setzte der Unruhegeist sich dann in den Wilden Westen ab, wo er sein Glück vergeblich in einer Silbermine suchte und als Klatschreporter in Saloons herumlungerte. Später reiste Mark Twain erst durch Amerika, dann um die ganze Welt und machte sich als Reiseschriftsteller einen Namen. Dank seines schauspielerischen Talents füllte er bei seinen Vortragsreisen bald riesige Säle und war im ganzen Land bekannt wie ein bunter Hund. Im Winter kleidete er sich wie ein Trapper, hüllte sich in einen Mantel aus Seehundfell und trug eine Pelzmütze auf dem Kopf. Im Sommer bestand sein Outfit aus einem gelben Mantel und einem schmutzigen alten Strohhut.

Die Liebesgeschichte dieser beiden gegensätzlichen Menschen begann im Sommer 1867, als Olivias Bruder Charles eine Schiffsreise nach Europa unternahm. Bei der Fahrt auf dem Ozeandampfer zeigte er einem Mitreisenden ein Medaillon mit dem Bildnis seiner Schwester. Dieser Reisegefährte war kein anderer als Mark Twain und dem ging das Bild des zarten

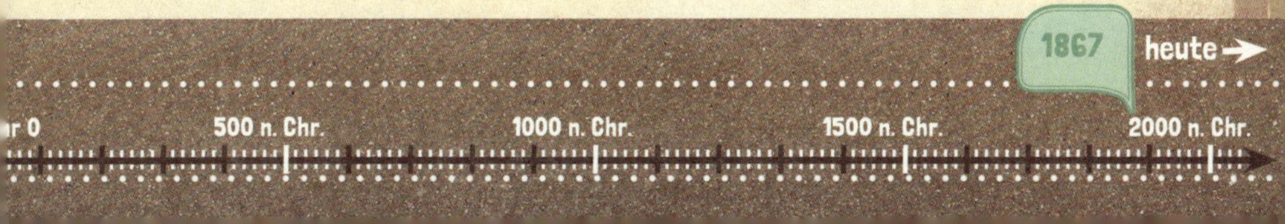

Mädchens nicht mehr aus dem Sinn. Er vereinbarte einen Besuch bei Olivias Familie und machte sich dafür ausnahmsweise sogar einmal richtig fein.
Trotzdem wollte die sanfte Livy ihn nicht heiraten. Sie hegte nämlich erhebliche Zweifel an der moralischen Festigkeit des fluchenden, whiskytrinkenden Schriftstellers. So ein Ehemann kam für sie überhaupt nicht in Frage.
Aber sie beschloss, seine Seele zu retten und er war damit einverstanden. Olivia schrieb nun also fromme Briefe an Mark Twain und versuchte, ihm damit den Whisky und das Fluchen abzugewöhnen. Und er schrieb sich mit zärtlichen und leidenschaftlichen Antwortbriefen in ihr Herz, so wie er es von Anfang an geplant hatte.
Als Livy dann endlich doch einwilligte, seine Frau zu werden, schwor er einem Freund: »Sie ist das vollkommene Juwel unter allen Frauen, die ich in meinem Leben getroffen habe, bei dieser Meinung bleibe ich, bis ich sterbe.«

Whisky hat Mark Twain schon bald nach der Hochzeit wieder getrunken. Auch das Fluchen konnte er sich nicht dauerhaft abgewöhnen. Aber seinen Schwur hat er gehalten und seine Frau tatsächlich vierunddreißig Jahre lang angebetet wie ein vollkommenes Juwel. Davon zeugen noch heute fast zweitausend Briefe, die er im Laufe seines Lebens an sie schrieb.
Den letzten verfasste er, als er 1904 ihren Sarg von Italien zurück in die Vereinigten Staaten begleitete. Darin heißt es: »In diesen vierunddreißig Jahren haben wir viele Reisen zusammen gemacht, liebe Livy – und nun machen wir unsere letzte; du unter Deck und einsam, ich hier oben unter den Menschen und einsam.«

Sechs Jahre lebte Mark Twain nach Livys Tod noch, bevor er 1910 an den Folgen einer Halsentzündung starb und neben ihr beerdigt wurde. Auch das war übrigens eine filmreife Szene: Die Kutsche, die seinen Sarg zum Friedhof brachte, war dieselbe,

mit der er und Livy vierzig Jahre zuvor ins Eheleben gestartet waren.
Mark Twain und Olivia Langdon hatten vier Kinder. Ihre Liebe war also eindeutig nicht platonisch. Wie konnte es den beiden gelingen, die damals übliche, körperfeindliche Erziehung zu überwinden, die zumindest Olivia »genossen« hatte?
Leicht war das bestimmt nicht. Aber anders als der anfangs zitierte John Ruskin konnten Mark und Olivia sich anscheinend so akzeptieren, wie die Natur sie geschaffen hatte. Vier Tage nach der Hochzeit schrieb sie augenzwinkernd an ihre Eltern: »Die Zeit des Nichtessens und Nichtschlafens ist vorüber. Wir essen und schlafen wieder!« Für eine feine Dame des 19. Jahrhunderts war das schon fast eine anzügliche Anspielung auf leidenschaftliche Tage und vor allem Nächte.

Warum hat die Liebe zwischen Mark Twain und Olivia Langdon so gut funktioniert, obwohl die beiden so wenig gemeinsam hatten? Vermutlich waren sich die beiden ähnlicher, als man auf den ersten Blick vermutet. Livy war vielleicht gar nicht so sanft und zart, wie sie sich gab. Und Mark Twain nicht so rau und hartgesotten, wie er wirkte. Auch dafür gibt es Hinweise, wenn man den Lebensweg der beiden genauer betrachtet. Eine ihrer Töchter berichtete beispielsweise, dass Mama Livy in Erziehungsfragen ganz schön hart durchgreifen konnte.

Und zum Schluss – Liebe in echt

Für Mark und Livy gab es einst ein Happy End. Für John und Effie nicht. Als John Ruskin im Jahr 1848 in der Hochzeitsnacht über den Anblick seiner nackten Braut so erschrak, dass ihm die Lust auf Sex verging, war das der Anfang vom Ende ihrer Beziehung. Fünf Jahre lang harrte Effie noch aus, dann ließ sie (immer noch Jungfrau!) die Ehe für ungültig erklären und heiratete den Maler John Everett Millais. Der fand Effie nicht nur in bekleidetem Zustand so schön, dass er sie immer wieder malte. Er hatte offenbar auch an ihrem nackten Körper nichts auszusetzen. Die beiden hatten acht Kinder und waren sehr glücklich. John Ruskin aber blieb nach dem Fiasko mit Effie sein Leben lang Single.
Seit dieser Zeit hat sich viel geändert. Auch in der Liebe. Wahrscheinlich hat sich im vergangenen Jahrhundert in Sachen Liebe sogar mehr verändert als in vielen Jahrtausenden zuvor. Nur ein paar Beispiele:

Um 1900 erkannten Psychologen den Zusammenhang zwischen Sexualität und seelischer Gesundheit. Man sah jetzt ein: Körper und Seele kann man nicht trennen.

Ab 1945 konnten Ärzte neue Medikamente namens Antibiotika gegen bakterielle Krankheiten einsetzen. Jetzt waren Geschlechtskrankheiten endlich heilbar.

Seit 1960 gibt es die Antibabypille und damit ein zuverlässiges Verhütungsmittel.

1968 räumte die Studentenbewegung gründlich mit veralteten Moralvorstellungen auf. Die Jugendlichen forderten damals, jeder solle endlich selbst bestimmen dürfen, wen er wann, wo und wie lieben wolle.

Ab 1969 spiegelte sich das auch in der Gesetzgebung. Sowohl Homosexualität als auch Sex außerhalb der Ehe waren nun nicht mehr strafbar. Unverheiratete Paare durften zusammenwohnen. Vorher war das verboten gewesen. Selbst Jugendliche ab vierzehn Jahren durften von nun an Sex haben, allerdings nicht mit Erwachsenen.

Seit 1975 ist man ab achtzehn erwachsen und darf über sein Leben bestimmen. Vorher war man das erst mit einundzwanzig.

Seit etwa 1990 haben sich Wissenschaftler verstärkt mit dem Phänomen der romantischen Liebe beschäftigt und interessante Forschungsergebnisse veröffentlicht.

All diese Neuerungen hatten großen Einfluss auf die Liebe. Viele Risiken und Nebenwirkungen, mit denen frühere Generationen kämpfen mussten, sind heutzutage kein Problem mehr. Wenn man aber genau hinsieht, erkennt man: Einiges hat sich auch nur rein äußerlich verändert. Statistiken beweisen: Wir wünschen uns zwar alle noch immer ein ähnlich romantisches Liebesglück wie das von Mark Twain und Olivia Langdon. Aber häufig enden unsere Beziehungen auch heute noch ähnlich katastrophal wie die von John Ruskin und Effie Gray. Wir scheitern zwar heutzutage selten an Körperhaaren, die kann man schließlich abrasieren. Aber die Liebe selbst ist oft nicht so makellos, wie wir sie uns vorgestellt haben, sondern haariger als gedacht. Und damit können viele nicht umgehen.

Nützt uns in dieser Situation das Wissen, das Forscher über die Liebe zusammengetragen haben? Hilft es uns weiter, wenn wir wissen, wie Liebe funktioniert? Können wir uns eine wissenschaftlich fundierte Checkliste erstellen, mit der wir den optimalen Partner schnellstmöglich finden und dann ein Leben lang behalten?

Checkliste:

* In der Nähe des Wohnorts suchen
* Möglichst viele Gemeinsamkeiten
* Rote Klamotten anziehen
* Haarglanz und strahlende Augen
* High Heels müssen nicht sein
* Keine coolen Flirtsprüche
* Lächeln, lächeln, lächeln
* Küssen ist gesund
* Kuscheln macht glücklich
* Zähne putzen nicht vergessen
* Immer ins linke Ohr säuseln
* Nicht rumzicken
* Jeder braucht Freiheit
* Fair streiten!!!
* Hochzeitstorte bestellen

So funktioniert das natürlich nicht, Liebe ist ja kein Schachspiel, bei dem diejenigen gewinnen, die die Regeln am besten durchschauen und die Züge des anderen vorausberechnen.
Wir wollen jemanden finden, der unsere Seele berührt, der die Schmetterlinge im Bauch zum Leben erweckt und der zu der Vorstellung von einer Liebesbeziehung in unserem Kopf passt. Und dann muss der auch noch wollen. Das ist eine Gleichung mit vielen Unbekannten, deren Ausgang schwer berechenbar ist.
Die Suche nach Liebesglück wird garantiert leichter, wenn man ein paar Regeln kennt. Aber irgendwann stößt Wissenschaft an ihre Grenzen.
Für jeden von uns ist Liebe ein lebenslanges Experiment. Und wir sind dabei Forscher und Versuchskaninchen zugleich.

Anhang

Der große Flirt-Test

Welcher Flirt-Typ bist du? Und – stimmen die Signale, die du beim Flirten aussendest? Oder wirkst du auf Jungs vielleicht ganz anders, als du bist? Gerätst du deshalb oft an die falschen Typen? Mach den Test und finde es heraus!

Teil 1: Dein Traumtyp

Entscheide dich bei jeder Frage für die Antwort, die am besten zutrifft!

1. In dem Film »Twilight – Bis(s) zum Morgengrauen« verliebt sich der Vampir Edward Cullen in Bella Swan, die Neue in der Schule. Wenn du Bella wärst, was würde dich an einem eiskalten Verehrer wie Edward am meisten faszinieren?

♥ a) Alle Mädchen an der Schule sind in Edward verliebt, aber er will nur mich. (A)

♥ b) Er ist stark und beschützt mich vor allen Gefahren.(B)

♥ c) Er ist unberechenbar und gefährlich, nur ich kann ihn zähmen. (C)

♥ d) Gar nichts, ich würde Jacob nehmen. Er ist sensibler und rücksichtsvoller als Edward. (D)

2. Du verliebst dich in einen Jungen und in Gedanken malst du dir aus, wie es wäre, mit ihm zusammen zu sein. Welche Szene stellst du dir am liebsten vor?

♥ a) Wie ich mit ihm zum ersten Mal ganz allein bin und ihn küsse. (C)

♥ b) Wie ich mit ihm Händchen haltend zur Schule gehe. (A)

♥ c) Wie er mir seine Jacke leiht, weil ich friere. (B)

♥ d) Wie er mich tröstet, weil ich Stress habe. (D)

3. Welche wichtige Eigenschaft müsste dein Traumtyp unbedingt besitzen?

♥ a) Er soll selbstsicher sein und immer genau wissen, was er will. (B)

♥ b) Er soll gut aussehen und sportlich sein. (A)

♥ c) Er soll verrückt nach mir sein und supergut küssen.(C)

♥ d) Er soll über dieselben Witze lachen und über dieselben Dinge traurig sein wie ich. (D)

4. Bei welchem dieser Punkte könntest du am besten damit leben, wenn dein Schwarm nicht ganz deinem Ideal entspricht?

- ♥ a) Cooles Verhalten. Er darf ruhig auch mal unsicher und sogar ein bisschen peinlich sein. (D)
- ♥ b) Aussehen. Er muss nicht schön sein, Hauptsache, er sieht nett aus und ist groß. (B)
- ♥ c) Gemeinsamkeiten: Wenn er oft eigene Wege geht und ich dann nicht weiß, wo er steckt, ist das okay. Hauptsache, er ist mir treu. (C)
- ♥ d) Gespräche: Wenn ich mit ihm nicht alles besprechen kann, ist das für mich kein Problem. Zum Reden habe ich meine Freundinnen. (A)

5. In welcher Situation könnte deine heiße Liebe zu deinem Prinzen vorübergehend um ein paar Grad abkühlen?

- ♥ a) Wenn mich ein anderer Typ richtig blöd anmacht und er das gar nicht beachtet. (B)
- ♥ b) Wenn der Friseur ihn komplett verschnippelt hat, sodass er aussieht wie ein Wellensittich in der Mauser. (A)
- ♥ c) Wenn er Halsschmerzen hat, blass aussieht, schwarze Ringe unter den Augen hat, aus dem Mund riecht und mich küssen will. (C)
- ♥ d) Wenn ihm ein Fußballabend mit seinen Jungs wichtiger ist als unser »Juhuu-Wir-sind-jetzt-einen-Monat-zusammen«-Jubiläum. (D)

6. Du bist auf einer Privatparty, dein Schwarm ist auch da. Was sollte er tun?

- ♥ a) Mit mir in den Garten schleichen und die Sterne ansehen.(D)
- ♥ b) Mich in ein leeres Zimmer ziehen, die Tür schließen und das Licht ausmachen. (C)
- ♥ c) Er lehnt am Rand und hat nur Augen für mich, während ich tanze. (B)
- ♥ d) Er tanzt mit mir und alle sehen uns zu, weil wir so toll dabei aussehen. (A)

7. Es klingelt. Er steht vor der Tür, hat die Hände hinter dem Rücken und sagt: Überraschung!!! Ganz klar, ein Geschenk. Was hat er dir mitgebracht, wenn er der Richtige ist?

- ♥ a) Selbstgepflückte Blumen, unter Einsatz seines Lebens im Nachbargarten geklaut. (D)
- ♥ b) Eine langstielige, rote Rose. (B)
- ♥ c) Duftendes Massageöl für eine Rückenmassage. (C)
- ♥ d) Eine Halskette mit den silbernen Anfangsbuchstaben unserer Namen. (A)

8. Die Schule ist aus. Ihr habt eine Stunde Zeit, bevor der Nachmittagsunterricht beginnt. Was würden du und dein Traumprinz in dieser Zeit tun?

♥ a) Er lädt mich in ein Café ein. (B)

♥ b) Wir gehen zu ihm oder zu mir. (C)

♥ c) Wir kaufen uns lauter leckere Sachen für ein Picknick und suchen uns einen idyllischen Platz dafür. (D)

♥ d) Wir gehen mit der ganzen Clique in die Stadt. (A)

9. Wie treffen die folgenden Sätze für dich zu, von 0 (gar nicht) bis 10 (genau so sehe ich das!)?

♥ **a. Der erste Schritt sollte immer vom Jungen ausgehen.**	0 ☐☐☐☐☐☐☐☐☐ 10
♥ **b. Ich küsse nur einen Jungen, den ich auch liebe.**	0 ☐☐☐☐☐☐☐☐☐ 10
♥ **c. Ich hasse es, wenn Jungs keine Kavaliere sind.**	0 ☐☐☐☐☐☐☐☐☐ 10
♥ **d. Flirten macht Spaß.**	0 ☐☐☐☐☐☐☐☐☐ 10
♥ **e. Mein Freund sollte mindestens eine Klasse über mir sein.**	0 ☐☐☐☐☐☐☐☐☐ 10
♥ **f. Ich möchte, dass mein Freund mir zuhört, wenn ich Probleme habe.**	0 ☐☐☐☐☐☐☐☐☐ 10
♥ **g. Ich mag es, wenn Jungs mir die Tasche tragen oder mir die Tür aufhalten.**	0 ☐☐☐☐☐☐☐☐☐ 10

♥ h. Meine Clique ist für mich genauso wichtig wie mein Freund. 0 ☐☐☐☐☐☐☐☐☐ 10

♥ i. Ich achte bei einem Jungen sehr auf seine Augen. 0 ☐☐☐☐☐☐☐☐☐ 10

♥ j. Jungs sollten Mädchen ruhig mal ins Kino einladen. 0 ☐☐☐☐☐☐☐☐☐ 10

♥ k. Wenn man einen Freund hat, flirtet man nicht mit anderen. 0 ☐☐☐☐☐☐☐☐☐ 10

♥ l. Auch Jungs sollten modebewusst sein. 0 ☐☐☐☐☐☐☐☐☐ 10

♥ m. Man sollte möglichst früh über Verhütung sprechen. 0 ☐☐☐☐☐☐☐☐☐ 10

♥ n. Ich möchte möglichst viel über meinen Freund erfahren. 0 ☐☐☐☐☐☐☐☐☐ 10

♥ o. Mir ist es egal, was andere über mich denken. 0 ☐☐☐☐☐☐☐☐☐ 10

♥ p. Meine Freundinnen und ich haben bei Jungs oft denselben Geschmack. 0 ☐☐☐☐☐☐☐☐☐ 10

♥ q. Ich mag meine Figur. 0 ☐☐☐☐☐☐☐☐☐ 10

♥ r. Mädchen sollten sich für ihren Freund hübsch machen. 0 ☐☐☐☐☐☐☐☐☐ 10

♥ s. Meine Freundinnen würden mich beneiden, wenn ich meinen Schwarm erobern könnte. 0 ☐☐☐☐☐☐☐☐☐ 10

♥ t. Ich steh auf Waschbrettbäuche. 0 ☐☐☐☐☐☐☐☐☐ 10

Teil 2: Dein Flirt-Stil

1. Was ziehst du an, wenn du auf einer Party deinen Traumtyp treffen wirst? Entscheide dich für den Style, der am ehesten deinem entspricht.

- ♥ a) Enges Top, Minirock, High Heels (C)
- ♥ b) Kurzes Blümchenkleid mit weitem Ausschnitt, Ballerinas (B)
- ♥ c) Designer-Jeans, Markentop (A)
- ♥ d) Lieblingsjeans, modisches Top, hübscher Schmuck (D)

2. Da steht er, aber er sieht dich nicht. Ihr kennt euch bisher nur flüchtig. Wie machst du ihn darauf aufmerksam, dass er dich heute näher kennenlernen könnte?

- ♥ a) Ich gehe zu ihm hin, sage hallo und frage ihn irgendetwas, um ein Gespräch zu beginnen. (D)
- ♥ b) Ich gehe ganz nah an ihm vorbei und hoffe, dass er mich sieht. (B)
- ♥ c) Ich begrüße ihn mit Wangenküsschen und zeige ihm, wie sehr ich mich freue, ihn zu sehen. (C)
- ♥ d) Meine Freundinnen und ich gehen zusammen hin und machen ein bisschen Small Talk mit ihm. (A)

3. Du möchtest ihm zeigen, dass du ihn gut findest. Wie machst du das?

- ♥ a) Ich höre ihm zu, lächele strahlend und lache an den richtigen Stellen auch mal laut. Das reicht. (B)
- ♥ b) Ich sehe ihn an, und zwar auf meine ganz spezielle Art. Davon bekommt er Gänsehaut. Aber hallo! (C)
- ♥ c) Ich sage ihm, dass ich etwas genauso sehe wie er. (D)
- ♥ d) Geht nicht. Meine Freundinnen würden das sofort merken und darüber lästern. Wichtiger als Komplimente zu machen, ist es in diesem Moment, nichts Falsches zu sagen. (A)

4. Du würdest gern mit ihm tanzen. Wie sagst du ihm das?

- ♥ a) Ich bewege mich direkt vor ihm sexy zur Musik und sehe ihn auffordernd an. (C)
- ♥ b) Ich frage ihn: Wollen wir tanzen? (D)
- ♥ c) Gar nicht. Das muss von ihm kommen. (B)
- ♥ d) Ich und meine Mädels, wir schleppen ihn und seine Jungs einfach auf die Tanzfläche. (A)

5. Ihr sitzt mit euren Freunden in einer Bar, du flirtest mit deinem Schwarm und er fährt ganz offensichtlich auf dich ab. Irgendwann liegt plötzlich seine Hand auf deinem Knie. Was tust du?

♥ a) Ich sehe ihm in die Augen, lächele und berühre ihn wie zufällig am Arm oder an der Hand. Damit will ich ihm zeigen, dass das okay ist. (C)

♥ b) Ich sehe ihm in die Augen, lächele, ziehe aber nach einer Weile mein Knie weg. Damit will ich ihm sagen: Im Prinzip ist das okay, aber nicht hier und jetzt! (D)

♥ c) Ich tu so, als ob nichts wäre, und warte ab, was passiert. Ich will ihn nicht zurückweisen, aber ich will's ihm auch nicht zu leicht machen. (B)

♥ d) Ich gucke nach unten auf seine Hand, sehe ihn dann an und ziehe eine Augenbraue hoch. Aber dann lache ich ihn an. Damit will ich sagen: Du gehst ganz schön ran! Aber das ist okay. (A)

Auswertung:

Teil 1:

Frage 1-8: Zähle zusammen, wie oft du welchen Buchstaben gewählt hast (es geht um die Großbuchstaben, die nach jeder Frage in Klammern stehen). Von welcher Sorte hast du die meisten?

Frage 7: Streiche die Sätze an, bei denen du mehr als fünf Punkte angegeben hast. Ordne sie dann folgenden Buchstaben zu. Addiere die Zahlen für jede Kategorie. Wo hast du am meisten?

A: Fünf oder mehr Punkte bei den Antworten e,h,l,p,s
B: Fünf oder mehr Punkte bei den Antworten a,c,g,j,r
C: Fünf oder mehr Punkte bei den Antworten d,m,o,q,t
D: Fünf oder mehr Punkte bei den Antworten b,f,i,k,n

Ergebnis:

Typ A: Spaß haben, sehen und gesehen werden, das ist wichtig für dich. Du suchst einen Freund, der gut mit deiner Clique klarkommt und im Idealfall sogar deinen Status ein bisschen aufpoliert.

Typ B: Du bist der Typ Mädchen, der von einem Ritter auf einem weißen Pferd träumt. Du suchst einen Beschützer, der dich auf Händen trägt.

Typ C: Für dich muss es am ganzen Körper prickeln, wenn du dich verliebst. Küsse und viele Berührungen, vielleicht auch mehr, das ist dir wichtig. Du machst keine halben Sachen.

Typ D: Du suchst einen Freund, der immer für dich da ist und mit dir durch dick und dünn geht.

Punktegleichstand oder unterschiedliche Ergebnisse bei den Fragen 1 bis 8 und der Frage 9: Such dir aus allen Beschreibungen die aus, die für dich zutreffen. Es geht hier nicht darum, dass du in eine Schublade passen musst. Der Test dient dazu, dich selbst besser kennenzulernen. Entscheide ehrlich und selbstkritisch, was du von einer Beziehung erwartest und zu welchem der beschriebenen Mädchentypen du am besten passt.

Auswertung, Teil 2:

Hast du bei den Antworten einen Buchstaben mindestens drei Mal gewählt?

ja → **Denselben, der im ersten Teil öfter auftauchte?**

- ja → Alles okay. Deine Art zu flirten spricht genau die Art von Jungs an, für die du dich interessierst. Wenn noch keiner angebissen hat, dann vermutlich deswegen, weil noch keiner dabei war, der zu dir passt!
- nein → **Einen anderen Buchstaben mindestens drei Mal?**
  - ja → Du sendest beim Flirten vielleicht Signale aus, die dein Traumtyp falsch deuten könnte. Steh zu dir! Gib dich, wie du wirklich bist.

nein → **Echt keinen Buchstaben mehr als zwei Mal?**

- ja → Du sendest beim Flirten vielleicht Signale aus, die dein Traumtyp gar nicht deuten kann, weil sie nicht eindeutig sind. Wenn du weißt, was du willst, zeig es. Wenn nicht: Finde es heraus!

Leckere Rezepte
für einen romantischen
Abend zu zweit

Feurige Vorspeise

Safran-Paprika-Suppe

*

Heißes Hauptgericht

Pikante Nudeln

*

Zum Dahinschmelzen

Mousse au Chocolat

Einkaufsliste: Zutaten für zwei Personen

Suppe

3 gelbe Paprika

25 Gramm Butter (das ist etwa ein Zentimeter, wenn man das Stück an der kurzen Seite der Butter abschneidet)

1/2 Zwiebel

500 ml Gemüsebrühe (1–2 Brühwürfel plus Wasser)

1 Teelöffel Zucker

Salz, Pfeffer, eine Prise Safran

Ein Schuss Sahne

Für den Hauptgang

200 Gramm Hühnerfilet (Vegetarier nehmen 250 Gramm frische Champignons)

200 Gramm Bandnudeln

2 Knoblauchzehen

Ca. 5 Zentimeter einer Ingwerwurzel

250 ml Gemüsebrühe (0,5–1 Brühwürfel plus Wasser)

30 Gramm Butter

2 Esslöffel Olivenöl

Salz, Pfeffer, Thymian

Wer dazu gerne noch Gemüse hätte: Dazu passt prima eine Asia-Gemüsemischung aus dem Tiefkühlfach.

Für das Dessert

200 Gramm Kuvertüre

3 Eier

200 g Sahne

40 g Zucker

50 g Butter

3 Nelken

frisch geriebene Muskatnuss

Arbeitsplan:

Mit dem *Dessert* anfangen, denn das muss vorm Verzehr möglichst eine Stunde lang in den Kühlschrank.

1. Eine kleine Tasse Wasser aufkochen und die Nelken hineingeben. Zehn Minuten ziehen lassen.
2. Die Eier trennen. Gut aufpassen, dass dabei kein Eigelb ins Eiweiß gerät.
3. Das Eiweiß steif schlagen.
4. Die Sahne in einer anderen Schüssel steif schlagen.
5. Butter und Schokolade vorsichtig im Wasserbad schmelzen. Hierbei ist es wichtig, dass kein Wasser in die Masse gerät.
6. Jetzt das Eigelb mit zwei Esslöffeln des Nelkenwassers cremig schlagen, dann den Zucker beigeben, bis die Masse hell und cremig ist, und das Ganze mit einer Messerspitze Muskat würzen.
7. Die geschmolzene Schokolade unterrühren.
8. Die Sahne und den Eischnee unterheben. Dazu nicht den Quirl benutzen, sondern einen Löffel.
9. In Schälchen füllen und ab in den Kühlschrank.

Jetzt die Suppe:

1. Die Paprika und die halbe Zwiebel würfeln.
2. Die Butter im Topf schmelzen, Paprika und Zwiebelwürfel darin anschwitzen, den Zucker zugeben, alles unter Rühren brutzeln lassen, bis es ein bisschen bräunlich aussieht.
3. Die Brühe zugeben und fünf Minuten köcheln lassen.
4. Alles mit dem Pürierstab fein pürieren und zum Schluss noch durch ein feines Sieb geben.
5. Mit Safran und Pfeffer würzen, warm stellen.
6. Kurz vor dem Essen noch einen ordentlichen Schuss Sahne unterrühren.

Und das Hauptgericht:

1. Fleisch in Würfel schneiden.
2. Nudeln nach Packungsangabe in Salzwasser kochen.
3. Fleisch im Olivenöl knusprig braten, mit Salz, Pfeffer und Thymian würzen.
4. In eine Schüssel füllen, warm stellen.
5. Knoblauch und Ingwer schälen, fein hacken.
6. In derselben Pfanne, in der das Fleisch gebraten wurde, ein Drittel der Butter schmelzen.
7. Knoblauch und Ingwer zufügen, mit Brühe aufgießen, einkochen lassen, bis zwei Drittel der Flüssigkeit verkocht sind.
8. Die restliche, kalte Butter unterrühren.
9. Nudeln und Fleisch dazugeben. Warm stellen.
10. Asia-Gemüse nach Packungsvorschrift zubereiten.

Fertig!!! Tisch decken, Kerzen anzünden, Sahne in die Suppe und los geht's!

Damit der Abend auch wirklich romantisch wird, sollten vorher ein paar Sachen geklärt werden:

Wer bezahlt die Zutaten? Safran und Ingwer sind nicht billig. Die Rezepte schmecken aber auch ohne.

Safran und Ingwer schmecken nicht jedem. Beim Würzen mit einer winzigen Menge anfangen und behutsam steigern.

Die Düfte, die aus der Küche dringen, locken garantiert die ganze Familie an. Die Menge fürs Mousse au Chocolat ist deswegen vorsichtshalber großzügig berechnet, sie reicht auch für vier.

Wenn die Küche nach dem Kochen wieder genauso aussieht wie vorher, dient das dem Familienfrieden.

Fundstellen für Referate

Die Rapunzel-Formel über das Verhalten von Haaren in Pferdeschwänzen stammt von Professor Raymond E. Goldstein von der Universität Cambridge.

Steinzeitmenschen liebten sich im Vierjahresrhythmus – diese Theorie hat die Anthropologin Helen Fisher entwickelt, sie vertritt sie in ihrem Buch »Warum wir lieben ... und wie wir besser lieben können« (2007).

Alte Liebe rostet nicht - ebenfalls von Helen Fisher stammt die Studie, die bewies, dass die Gehirnvorgänge bei langjährig Verliebten denen von Frischverliebten ähneln.

Wissenswertes über Liebe und Sex bei den Steinzeitmenschen findet man in dem Buch der Herausgeber Vincent van Vilsteren und Rainer-Maria Weiss mit dem Titel »100 000 Jahre Sex: Liebe und Erotik in der Geschichte« (2004).

Um Liebe und Hormone geht es in dem Buch »Lust und Liebe – alles nur Chemie?« von Gabriele und Rolf Froböse (2004).

Was Knochen über Treue verraten – die Studie von Emma Nelson über den Zusammenhang zwischen Fingerlänge und Treue wurde 2010 im American Journal of Physical Anthropology veröffentlicht, man findet sie auch im Internet.

Das Dreiecksmodell der Liebe von Robert Sternberg und andere wichtige wissenschaftliche Studien über die Liebe fasst Manfred Hassebrauck in seinem Buch »Die Gesetze der Liebe: Warum wir lieben, wen wir lieben, wie wir die Liebe erhalten« (2013) zusammen.

Winston Churchill hat den vielzitierten Satz »Traue keiner Statistik, die du nicht selbst gefälscht hast« vermutlich nie gesagt. Zumindest hat noch kein Wissenschaftler herausgefunden, wann und wo das gewesen sein soll. Das hat Werner Barke herausgefunden und 2004 im »Statistischen Monatsheft Baden Württemberg« (Nr. 11) veröffentlicht.

Männer sind intelligenter als Frauen - das ist das Ergebnis einer Studie von Paul Irwing und Richard Lynn vom Zentrum für Psychologie der Universität Manchester aus dem Jahr 2010.

Frauen sind intelligenter als Männer - das hat der renommierte neuseeländische Wissenschaftler James Flynn 2012 festgestellt.

Den Redefluss von Männern und Frauen untersuchten Matthias Mehl von der University of Arizona in Tucson und seine Kollegen. Sie stellten fest, dass Frauen pro Tag nur geringfügig mehr Wörter sprechen als Männer.

Steinzeitmänner jagten, Steinzeitfrauen kochten in der Höhle – dieses Klischee widerlegte die Tübinger Archäologin Linda Owen in dem 2005 erschienenen Buch »Distorting the past: gender and the division of labor in the European Upper Paleolithic«.

Die Zahlen im Kapitel »Wer, wie, was – Liebe allgemein« stammen aus Statistiken von Infratest, IFD Allensbach, Emnid, Durex, Neon Magazin und dem Statistischen Bundesamt (2007-2012).
Man findet sie unter www.statista.com.

Die Zahlen im Kapitel »Erste Liebe« sind den Studien »PARTNER 4 - Sexualität & Partnerschaft ostdeutscher Jugendlicher im historischen Vergleich« (IFAS 2013), »Jugendsexualität« (BzGA 2010) und »Liebe! Körper! Sexualität!« (Bravo Dr. Sommer 2009) entnommen.

Die Frage, ob Jugendliche überall auf der Welt in die Pubertät kommen, untersuchten 1991 die Anthropologin Alice Schlegel (University of Arizona) und der Psychologe Herbert Barry (University of Pittsburgh).

Die These, dass die Pubertät oft in Wahrheit eine depressive Verstimmung ist, vertritt zum Beispiel der amerikanische Psychologe Dr. Robert Epstein.

Partnerwahl, Flirten, Verliebtheit, Liebe – viele Studien dazu findet man in dem Buch »Der kleine Liebesberater: 100 Fragen und Antworten zu Sex und Partnerschaft« von Professor Manfred Hassebrauck, außerdem in »Liebe. Ein unordentliches Gefühl« von Richard David Precht und »Die Liebe und wie sich Leidenschaft erklärt« von Bas Kast.

Es gibt 237 Gründe, Sex zu haben, das fanden Cindy Meston und David Buss vom Institut für Psychologie der Universität von Texas in Austin heraus, als sie rund zweitausend Menschen befragten. Die Resultate haben sie in den »Archives of Sexual Behavior« veröffentlicht.

Was der Liebe Würze gibt – das haben Massimo Marcone und sein Team von der University of Guelph in Kanada untersucht und im Fachjournal »Food Research International« veröffentlicht.

Das Rubikonmodell der Handlungsphasen stammt von den Psychologen Heinz Heckhausen und Peter M. Gollwitzer.

Liebeskummer 2.0 - die britische Sozialwissenschaftlerin Tara C. Marshall hat herausgefunden, dass sich der emotionale Heilungsprozess bei Liebeskummer verzögert, wenn die Paare nach einer Trennung weiter miteinander auf Facebook befreundet sind. Und die kanadische Psychologin Amy Muise hat erforscht, dass Facebook Eifersucht verschlimmern kann.

Dass Goethes Werther psychisch krank sei, diese These vertrat unter anderem der deutsche Literaturwissenschaftler Helmut Koopmann in seinem Aufsatz »Goethes Werther – der Roman einer Krise und ihrer Bewältigung« (Aurora 58/1998, S. 1-17).

Die Vermutung, Goethe habe erst im Alter von 39 Jahren Sex erlebt, belegte Kurt R. Eissler in seinem 1986 erschienenen Buch »Goethe. Eine psychoanalytische Studie 1775-1786«.

Die Studie zum Thema Affen und Gerechtigkeitssinn veröffentlichten Frans de Waal und Sarah Brosnan von der Emory University in Atlanta im Jahr 2003.

Rechts vor links beim Küssen – dass Menschen den Kopf beim Küssen häufiger nach rechts drehen, hat der Bochumer Biopsychologe Onur Güntürkün herausgefunden.

Wissenswertes über Homophobie in Europa und ihre Wurzeln findet man in der Studie »Die Abwertung der Anderen: eine europäische Zustandsbeschreibung zu Intoleranz, Vorurteilen und Diskriminierung« von Andreas Zick, Beate Küpper und Andreas Hövermann (Friedrich Ebert Stiftung 2011).

Mara Andeck wundert sich, wenn jemand die Liebe als »die schönste Nebensache der Welt« bezeichnet. Und das aus zwei Gründen: Erstens hält sie Liebe für die wichtigste Hauptsache. Und zweitens sagt sie ihren Töchtern immer wieder, dass wahre Liebe nicht nur schön sein kann. Manchmal ist sie auch kompliziert oder sogar herzzerreißend. So wie das Leben eben.
Die Autorin hat Journalismus und Biologie studiert und arbeitet als Wissenschaftsjournalistin und Autorin. Im Boje Verlag sind bereits mehrere Jugendbücher erfolgreich veröffentlicht worden. Sie lebt mit ihrem Mann und zwei Töchtern im Teenageralter in einem kleinen schwäbischen Dorf.

Constanze Guhr wuchs in Leipzig auf. Sie studierte an der Hdk Berlin Bildende Kunst und an der Humboldt Universität Berlin Sonderpädagogik.

Im Jahr 2000 nahm sie an der Illustratorenausstellung in Bologna teil und bekam ein Jahr später das Stipendium der Stiftung Kulturfonds.

Die Illustratorin lebt mit Mann und Kind in Berlin und arbeitet seit 2004 mit anderen Illustratoren im kleinen gemütlichen Atelier petit4. Dort zeichnet, schreibt und gestaltet sie für verschiedene Verlage und Zeitschriften.

www.constanzeguhr.de